Truman High School
3301 S. Noland Rd.
Independence, MO 64055

LA MAGIA DE LAS PEQUEÑAS COSAS

Estelle Laure

La magia de las pequeñas cosas

PUCK

Argentina – Chile – Colombia – España
Estados Unidos – México – Perú – Uruguay – Venezuela

Título original: *This Raging Life*
Editor original: Houghton Mifflin Harcourt, Boston, New York
Traducción: Catalina Freire

1.ª edición Marzo 2016

ISBN: 978-84-96886-53-7
E-ISBN: 978-84-9944-950-0
Depósito legal: B-1.615-2016

Fotocomposición: Ediciones Urano, S.A.U.
Impreso por: Rodesa, S.A. — Polígono Industrial San Miguel
Parcelas E7-E8 — 31132 Villatuerta (Navarra)

Impreso en España — *Printed in Spain*

Para mis hijos, Lilu Sophia y Bodhi Lux,
que quieren a lo grande

Día 14

Mi madre debería haber vuelto a casa ayer, después de sus dos semanas de vacaciones. Catorce días. Decía que necesitaba un respiro de todo (*véase también:* nosotras) y que volvería antes del primer día de clase. Yo sabía que no iba a aparecer por lo que recibí ayer en el correo, pero estuve despierta durante toda la noche de todas formas, confiando en que todo eran paranoias mías y que mi instinto, que no solía equivocarse, hubiera cometido un terrible error.

La puerta no chirrió, las tablas del suelo no crujieron y vi salir el sol reflejado en la pared, pero en el fondo sabía la verdad: estábamos solas, Wrenny y yo, al menos por el momento. Wren y Lucille. Lucille y Wren. Haré lo que tenga que hacer. Nadie podrá separarnos y para eso debo conseguir que todo parezca tan normal como sea posible. Fingir. Porque las cosas no podrían estar más lejos de la normalidad.

La normalidad se fue con mi padre.

Experimentaba una rara sensación de estar flotando mientras le hacía a Wren unas trenzas, según ella, demasiado apretadas, preparaba el café, el desayuno, el almuerzo para las dos, sacaba su ropa, su mochila, y la acompañaba a su primer día en la clase de cuarto, saludando a todos en el vecindario mientras intentaba esquivar a cualquiera que pudiese tener el descaro de preguntarme dónde demonios estaba mi madre. Pero lo hice todo mal, ¿sabes? Estaba como fuera de lugar.

Debería haber hecho café y haberme vestido antes de nada. Wren debería vestirse después del desayuno y no antes, porque cuando come se pone perdida. Y a partir de esta mañana, al parecer ya no le gusta el atún («Parece vómito») aunque ayer era su favorito, pero lo descubrí cuando ya estaba guardado en la mochila y deberíamos estar saliendo por la puerta. Metí varias pilas de ropa en la lavadora, doblé mis cosas, colgué las de mi madre, guardé con cuidado las de Wren en los cajones de su cómoda, pero resulta que ya nada le queda bien. ¿Cómo ha crecido tanto en dos míseras semanas? Tal vez porque estos catorce días han sido eternos.

Estas son las cosas que mi madre solía hacer cuando nadie se daba cuenta. Ahora me doy cuenta. Me doy cuenta de que *no está*. Me doy cuenta de que *no hace*. Me gustaría pinchar a Wren, descubrir por qué no me pregunta dónde está mamá el primer día de clase, por qué mamá no está aquí. ¿Sabe en su fuero interno que esto tenía que pasar, que la noche que vino la policía solo fue el principio y que esta es la necesaria e inevitable conclusión?

A veces uno sabe cosas.

En fin, hice todo lo que hubiera hecho mi madre. Al menos, intenté hacerlo. Pero el universo sabe perfectamente que estoy jugando a algo, fingiendo contar con un manual que ya me gustaría tener. Aun así, cuando la despedí con un beso en su cabecita morena, Wren entró contenta en el edificio. Eso tiene que contar.

Hace una mañana muy agradable. El verano aún no sabe que está a punto de despedirse y recorrí a paso rápido las nueve manzanas que hay entre el colegio de Wren y el instituto. Cuando por fin llegué a la puerta estaba sudando a mares.

Y ahora estoy aquí, en clase. La canción que Wren cantaba mientras íbamos al colegio me ha provocado un sordo dolor de cabeza. Llego un poco tarde a la clase de Literatura, pero casi todo el mundo llega tarde el primer día. Muy pronto todos sabremos exactamente dónde debemos estar y cuándo y dónde sentarnos. Seremos obedientes zombis.

Eden está aquí, siempre a su hora, lo bastante temprano como para reclamar el asiento que quiere, con un brazo sobre el respaldo de la silla vacía a su lado, hasta que me ve y lo deja caer a un costado. Literatura es la única clase en la que vamos a estar juntas este año, y eso es un asco total. Es la primera vez. Me gusta más cuando podemos pasar el día una al lado de la otra. Al menos nuestras taquillas son contiguas.

Mola tanto Eden, pero a su manera. No posee la clase de encanto que dice «Ven a por mí». Es más bien la clase de tía que mira y espera y ve muchas cosas... mola porque piensa. Su espeso y llameante pelo prácticamente flota sobre el respaldo de la silla y lleva puesta su armadura en forma de chaqueta de cuero. Uno podría pensar que es un poco excesivo para el mes de septiembre en Cherryville (Nueva Jersey), pero es que en este instituto tienen el aire acondicionado a tope, así que hace tanto frío como en un cine y la verdad es que me habría gustado llevar una chaqueta. También desearía haber guardado alguna prenda de abrigo en la mochila de Wren, pero estoy segura de que en un colegio de primaria no ponen el aire acondicionado tan fuerte. Creo que la dirección del instituto ha decidido que congelarnos podría ayudar a controlar nuestras indisciplinadas hormonas.

Pues se equivocan.

El señor Liebowitz me lanza una mirada reprobatoria mientras me siento. He interrumpido groseramente su típico discurso malhumorado sobre el curso escolar, sobre que no piensa aceptar tonterías de nadie esta vez, que solo porque estemos en el último curso no significa que podamos actuar como idiotas e irnos de rositas. O tal vez me esté mirando así porque también él sabe lo de mi padre. La gente ríe tontamente a mi alrededor, pero es como si Eden y su chaqueta de cuero amortiguasen todos los ruidos. Mientras la tenga a ella, estoy bien. Además, no suelo perder el tiempo con otra gente. Puede que Digby sea su mellizo, pero es conmigo con quien comparte su cerebro.

Mientras tanto, Liebowitz parece Mister Rogers*, así que puede gruñir y pasearse tanto como quiera que a mí no me afecta nada. Al final, no es más que un blando que está deseando irse a casa y ponerse un cárdigan de punto y

---

* Mister Rogers's Neighborhood (*La vecindad del Señor Rogers*) o Mister Rogers es una serie infantil norteamericana creada y presentada por Fred Rogers. La serie empezó en 1962 con el título *Mister Rogers* como un programa de 15 minutos emitido por la CBC.

unas zapatillas para cuidar espectacularmente de sus plantas y ponerles un poco de Frank Sinatra o algo. Ya se calmará. Siempre empieza el curso así de estirado. Y, en realidad, es comprensible. El instituto es un psiquiátrico. En los psiquiátricos necesitan poner barrotes en las ventanas, guardias de seguridad en la puerta. Eso nunca lo harían aquí.

Eden me da una patadita con el pie y eso me devuelve al presente. No me gusta el presente, así que le devuelvo la patada, preguntándome si hacer «piececitos» con mi mejor amiga puede considerarse una tontería.

—Ven a cenar a casa —me dice sin despegar los labios.

—Wren —le contesto de igual manera, encogiéndome de hombros.

La preocupación por mi madre se refleja en mis ojos sin proponérmelo.

Ella sacude la cabeza. Luego dice «Guarra» en un susurro.

Vuelvo a encogerme de hombros, intentando apartar la mirada.

—Trae a Wren. Mi madre puede darle de comer al mundo entero.

Asiento con la cabeza.

—Digby también estará —vuelve a darme una patadita.

Me quedo muy quieta. Miro a Liebowitz mientras sus finos labios blancuzcos forman palabras.

—Bueno, es que vive en tu casa.

Fabuloso.

—Chicas —nos advierte Liebowitz con su tonito cantarín de advertencia—. Solo es el primer día, no me obliguéis a separaros.

«Que tengas buena suerte intentando separarnos —me gustaría decirle—. Buena suerte, de verdad. Vete a dar de comer a tu pez y a regar tus plantas. Ponte la rebeca de lana y las zapatillas y déjame en paz.

Hace un día precioso en la vecindad. ¿Quieres ser mi vecino?»

Cuando Wrenny y yo subimos por la pendiente hasta la casa de Eden en el viejo *Corolla* de mi madre, Digby y su padre, John, están fuera jugando al baloncesto, y yo quiero meterme en la casa lo antes posible porque si no, podría quedarme atrapada allí todo el día, mirando. Siento una pequeña punzada de algo al ver a un padre y a su hijo jugando baloncesto como deben jugar padres e hijos. Es una cosa real y me gustaría tapar la cara de Wren con las manos para que no pudiera ver lo que se está perdiendo.

Y eso me recuerda…

—Wren.

—¿Sí?

Se limpia las manos en la camisa mientras lee el libro que tiene sobre las rodillas y está un poco asquerosa, el pelo grasiento y enredado a pesar de mis esfuerzos de esa mañana. En algún momento las trenzas se le han soltado y tiene un aspecto salvaje.

—Sabes que mamá no ha estado con nosotros últimamente, ¿verdad?

Wren se queda quieta, tensa.

—Sí —responde por fin.

—Bueno, pero no queremos que nadie más lo sepa, ¿verdad? Ni siquiera Janie o Eden, ni Digby y John.

—Pero mamá está de vacaciones. Está ordenando sus ideas, pero va a volver.

—Sí, bueno, pero aun así. No queremos contárselo a nadie porque a lo mejor no lo entienden. A lo mejor malinterpretan la situación.

—¿Como que se ha ido para no volver?

Hay muchas más cosas dentro de la cabecita de Wrenny de las que yo sabré nunca.

—A lo mejor, o por lo menos más tiempo del que debería estar fuera —alargo la mano hacia el tirador de la puerta porque no puedo mirarla—. Algunos podrían pensar eso.

—Pero no es verdad —replica ella—. Es mamá.

—Pues claro que no —miento.

—¿Entonces qué más da lo que piense la gente?

—Wren, tú no lo cuentes, ¿De acuerdo?

—De acuerdo.

—Algunas cosas son privadas —le abro la puerta y luego me inclino para limpiar inútilmente su camisa con el pulgar—. Como que mamá esté de vacaciones, ¿de acuerdo?

—He dicho que de acuerdo, ¿no? —sale del coche y espera, mirándome como si fuera la persona más irritante del planeta—. Oye, Lu.

—¿Sí? —me preparo para lo que se me viene encima.

—Tu mamá es tan gorda que salió de casa con tacones y volvió con chancletas.

Le diría que estoy harta de su nueva obsesión por los chistes sobre gordos, pero no estoy de humor para perder el tiempo, así que hago como que me río y sigo adelante. Quiero entrar en la casa y rápido porque luego está la otra cosa. Y por «otra» quiero decir lo que me hace sudar solo por estar allí. Y por «cosa» me refiero a Digby, a quien conozco desde los siete años, pero que últimamente me transforma en una mema atontada, una boba integral. Pregúntame mi nombre cuando estoy en su presencia y no podría decírtelo. Seguramente diría algo así como: «LIIII... IIIllu» y tendrías que limpiarme la baba que me cayera por la barbilla.

Lo sé. No mola nada.

Pero de verdad. Alto, sudoroso y *sin* camiseta, de modo que los músculos están ahí para que una los mire. No es que reluzca exactamente porque su piel es blanco nuclear y cuando toma el sol le salen pecas, así que ahora, después de todo un verano al aire libre, está cubierto de ellas. Pero al ver su pelo aplastado contra la frente, su cuerpo largo y fibroso, saltando para encestar, solo quiero caer de rodillas en el camino de entrada para decir: «Dios, ten piedad, aleluya», escribir sonetos, pintarlo y adorar esa curvita donde el cuello se encuentra con el hombro que es tan, pero tan perfectísima.

Es guapísimo.

Y por eso cuando me dice «hola» al pasar a su lado apenas levanto el dedo meñique en señal de respuesta. Hay dos grandes problemas aquí, aparte de que es el hermano mellizo de Eden y eso es raro. Uno, que ha tenido la misma novia desde el principio de los tiempos. Está pillado. Ella lleva su chaqueta, el certificado de matrimonio está prácticamente firmado. Los ángeles bendicen la maldita relación. Y dos, si alguna vez tuviese una oportunidad, como por ejemplo si él me besara, moriría por implosión. Sé que debo de parecer una niña de doce años suspirando por un famoso, y no la futura mujer extremadamente serena y dueña de sí misma que soy en realidad, pero algo en él hace que pierda la cabeza. Algo en cómo se mueve, en su *mismidad,* me rompe de la cabeza a los pies. Así que espero que no me bese nunca porque sería un desastre total. Nadie tiene que verme desmoronándome así. Y menos él.

No, en realidad, tal vez menos yo misma.

La madre de Eden, Janie, ha hecho albóndigas. No sabe cocinar solo para cuatro personas o incluso para seis, ya que tiene una empresa de catering y organización de eventos, así que su nevera siempre está llena de entremeses y sobras de comida. Si va a preparar algún plato, cocina muchísimo. Es evidente, por el olor que impregna la casa, que las albóndigas han estado todo el día cociéndose a fuego lento. La esencia de la albóndiga se ha abierto paso por todas partes.

Las miro un momento: Eden y Janie. Dos pelirrojas trabajando juntas sobre la encimera de la enorme y nueva cocina, de espaldas a nosotras. Todo está tan ordenadito, tan en su sitio en su casa de ensueño, exactamente como ellas querían, así que la cocina parece una extensión de Janie. Eden y su madre se parecen tanto, salvo que Janie va más arreglada. Eden lleva su ropa de ballet, como siempre que no está en el instituto, como si volviese a una piel necesaria. Janie le da un culetazo, ella se lo devuelve. Es como hacer piececitos, pero con el trasero. A Eden le gusta hacer piececitos de todo tipo. Están cortando hortalizas para la ensalada, las dos flacuchas y muy eficientes, y unidas. Paso un brazo sobre los hombros de Wren y la empujo hacia mí cuando *Beaver Cleaver, BC*, el golden retriever, salta sobre ella y Janie nos ve por fin.

—Hola, chicas.

—Hola, Janie —Wren se deja caer en el suelo con *BC*. Yo la saludo con la mano.

—Aquí huele muy bien —comenta Wren—. ¿Estás haciendo salsa de vodka?

Janie sonríe.

—¿Salsa de vodka? Eso es un poco difícil para ti, ¿no?

—Del Canal Cocina —Wren se levanta de un salto— y también de Gino's. Allí hacen una salsa de vodka muy buena.

—Vaya, eso es impresionante —Janie señala la vitrina del comedor y empieza a sacar platos—. No, no es salsa de vodka. Es una simple salsa marinera, pero espero que te guste.

—Ah, sí, me gustará —asiente Wren—. Llevamos semanas comiendo pizzas congeladas.

—No es verdad —tercio. Eso es una exageración.

—Sí, todo lo que cocina Lucille sale de una caja.

Bueno, es que había muchas pizzas en el congelador.

—¿Y tu madre? —le pregunta Janie—. No se le da mal la cocina.

—No está aquí —responde Wren. Y luego me mira encogiéndose de hombros, como diciendo «¿qué quieres que diga?»—. Porque está de vacaciones.

—Ah, ya —Janie arruga la frente.

—A lo mejor quieres ver la tele hasta la hora de la cena —interviene Eden, poniéndose entre su madre y mi hermana.

—Diez minutos —advierte Janie, volviéndose hacia la cocina con cierta desgana—. Terminad de poner la mesa, chicas.

Es tan agradable obedecer órdenes.

—¿Sabes una cosa? —Eden mira a su madre—. Está mal y además es sexista que estemos todas aquí cocinando y actuando como ganado mientras los chicos están fuera jugando al baloncesto.

—Por el amor de Dios, Eden —Janie echa el aderezo en un enorme cuenco de ensalada—. Me encanta cocinar.

—Su alteza podría poner la mesa, al menos —insiste ella, sacando los vasos.

—He pensado que le vendría bien pasar un rato con tu padre.

—Sí, ya. Y también poner la mesa, hacer algo además de exhibir sus habilidades de neandertal. Lo estás animando a perpetuar los privilegios masculinos, no sé si lo sabes.

—Estoy haciendo la cena para mi familia, y eso es una alegría para mí —Janie deja escapar un suspiro gigante—. No tendría ni que defenderme. Y no es ningún crimen dejar que jueguen un rato de vez en cuando.

—Ya, pero ¿cuándo jugamos nosotras, mamá? Esa es la cuestión.

Mis ojos se llenan de lágrimas. Me ahogo. Son tan tontas discutiendo sobre eso. Ellas no saben. Ellas no saben.

—Lucille —me llama Janie por encima de la cabeza de Eden—. ¿Haces el favor de ir a llamar a los chicos? Diles que la cena ya está casi lista.

¡Mecachis!

¿Cómo se convierte una persona de algo así como un componente decorativo en la casa que es tu vida, una bonita mesa quizás, en las cañerías, los cimientos, la viga maestra sin la cual toda la estructura se derrumbaría? ¿Cómo una estrella apenas perceptible se convierte en tu propio sol?

¿Cómo es que un día Digby era el hermano de Eden, guapísimo, eso hay que reconocerlo, y luego de repente me roba el aire, me da escalofríos, hace que se me encoja el estómago? ¿Serán las hormonas? ¿Una dolencia en el útero? ¿Un producto de mi desesperación interna y mi falta de autoestima?

He intentado un millón de veces descifrar el momento en el que se volvió tan vital para mí, pero no lo encuentro. Solo sé que mis estúpidos e irritantes sentimientos se han cargado del todo mi habilidad para portarme con normalidad cuando estoy con él, que quiero cerrar el espacio que hay entre los dos y envolverme en él. Todo mi ser exhalaría un suspiro, creo. Es ridículo.

Y por eso estoy mirando fijamente el plato. Me como la albóndiga (solo puedo tragar una) mientras Eden y Digby se lanzan pullitas. Nadie se da cuenta, y a mí me da miedo levantar la mirada porque Digby está justamente sentado frente a mí.

Wren se está atiborrando de albóndigas y la salsa le chorrea por la pechera de la camisa.

—Vaya —le dice a Janie— eres un genio culinario.

Con el rabillo del ojo alcanzó a ver que Janie sonríe.

—Puedes venir cuando quieras. Eres oficialmente mi invitada favorita —Clava el tenedor en un espárrago, sonriendo—. Culinario —repite, sacudiendo la cabeza—. Bueno, Lucille, ¿cuánto tiempo va a estar tu madre fuera de la ciudad?

«Para siempre».

—Volverá dentro de un par de días.

—¿Está bien?

Desde aquello. Janie siempre es tan intensa.

Wren inclina la cabeza hacia mí y me desbloqueo.

—¿Os arregláis bien estando solas? —insiste Janie.

Después de aquello. —Por supuesto —respondo, buscando un espárrago que pinchar—. Mi madre volverá.

Todo se detiene. No hay movimiento en la mesa.

—Sí, claro —su tenedor hace tac-tac-tac contra el plato—. Claro que volverá —mastica un momento—. Le he dejado un par de mensajes, ¿sabes? Solo para preguntar si necesitaba algo, pero no me ha devuelto la llamada.

Habrán ido directamente al buzón de voz, ya lo sé.

—Debe de estar pasándolo muy bien. Supongo que lo necesitaba —hay algo en su tono que no se refleja en su cara.

Me obligo a mirarla a los ojos, asiento, sonrío con docilidad. Cuando intento volver a mirar mi plato, el traidor monstruo que vive en mi cabeza se centra en los ojos de Digby y la montaña rusa número 892 me sacude. Él baja la vista, enrolla unos espagueti con el tenedor y mira a su madre, prestando mucha atención a lo que está diciendo sobre el catering que va a organizar para una boda este fin de semana.

Le doy una patadita a Eden por debajo de la mesa. Un «piececito» malintencionado.

Digby sabe lo de mi madre.

Lo sabe.

—Todas las cosas malvadas de verdad empiezan por algo inocente —dice Eden.

Janie está con Wren haciendo algún tipo de galletas, así que acabamos en la habitación de Eden después de cenar. Ella se estira y se dobla de una forma que me hace sentir incómoda porque son posturas que el cuerpo humano no debería adoptar. Además, sus pies son horribles y tengo que apartar la mirada cuando me pone uno en la cara, no a propósito, sino porque está haciendo un movimiento loco de contorsionista.

—Qué asco —le digo a un juanete, a una arrancada uña morada, a un colgajo sanguinolento de piel.

—Hemingway —responde. Y el pie revolotea, revolotea.

—En serio, tienes que hacer algo con eso. Parece que está infectado.

—Tonterías —contesta ella—. ¿Me estás escuchando?

—Hemingway —repito, preguntándome cómo va a ayudarme esto en la vida.

—Nadie quiere ser un imbécil, y mucho menos un perverso.

—¿Y los asesinos en serie?

—Ni siquiera ellos, seguro que no. Los desórdenes de personalidad complican mi teoría, pero uno tiene que pensar que incluso ellos alguna vez fueron bebés inocentes y adorables. No es culpa suya que se llevaran la peor parte de los genes humanos. Compasión.

—Pero la llamaste guarra.

—Eso es lo que estoy diciendo.

—¿Que mi madre es malvada?

A veces me gustaría que hablara claro en lugar de hacerme trabajar tanto.

—No, que no lo es. Su comportamiento a lo mejor, pero todo deriva de la inocencia…

—Pero continúa siendo una imbécil.

—Y una guarra.

—Ah, qué bien —lo digo como pensando que no está bien, que no lo está.

—Pero sigo sintiendo compasión por ella. No debe de ser fácil. Ahora también siento compasión por ti.

—Por mí.

En mi cabeza empiezan a bailar números.

Miro al techo, el sitio bajo el que duerme Eden. CUIDADO, DULCE CABALLERO, dice el pedazo de papel pegado al techo. NO HAY MAYOR MONSTRUO QUE LA RAZÓN.

—Créelo —Eden lo señala con un dedo del pie particularmente desagradable.

—Tengo que hacer pis.

—Que lo pases bien —dice ella mientras yo me escapo.

Y me encuentro con Digby, que va por el pasillo en dirección contraria, mojado, con una camiseta y un pantalón limpios, algo que me parece extrañamente íntimo. Momentos antes ha estado desnudo.

Hace ademán de tocarme. Su mano se aparta del costado donde colgaba sin hacer nada. Ahora está despierta y me toca. Traza mi hombro, pasa por mi brazo, se desliza por mi mano. Y entonces Digby desaparece. Sigue caminando. En ningún momento me ha mirado.

Contemplo una fotografía familiar. Me sorprende que el terremoto que hay dentro de mí no eche abajo toda la pared de fotos. Mi piel está ardiendo. Toda la sangre de mi cuerpo viaja hacia el sitio que él ha tocado.

Una guerra.

Una pelea a muerte.

A veces, pienso mientras entro en el baño lleno de vapor como una zombi atontada, algo lento ocurre rápidamente y uno no puede aprovechar el momento, sea importante o no, haya ocurrido o te lo hayas inventado. Ya es así. ¿De verdad ha hecho eso Digby? ¿De verdad ha pasado la mano por mi brazo de ese modo? ¿De verdad? ¿Estaba tomándose libertades? Y, ayayay, si eso es lo que me provoca con el roce de un dedo, entonces toma lo que he dicho antes sobre no besarlo nunca y multiplícalo como por un cuatrillón.

Ahora hay una cicatriz en mi brazo, donde él me ha tocado. Se forma en mi piel, azul acuoso, reluciente, como lo son a veces las quemaduras. La piel quemada es nueva al mismo tiempo que está dañada para siempre.

Soy muy dramática.

Tiro de la cadena. Me lavo las manos. Divago.

Eden.

—¿Se puede saber qué demonios te pasa? —me pregunta, acariciando a *BC*, que se ha subido a la cama y está tumbado sobre su regazo, jadeando.

La miro.

—¿Estás colocada? ¿Te has tomado algo mientras estabas en el baño?

¿Y si Digby puede oírnos, donde quiera que esté?

—¡Galletas! —grita Wren desde la cocina. Y parece encantada.

Cuando nos hemos reunido alrededor de la mesa y estamos engullendo galletas de avena con trocitos de chocolate (salvo Eden, que jamás lo haría), aparece Digby. Sigue sin mirarme. No hay ninguna conexión secreta. Toma la pelota que está junto a la puerta, hace un gesto con la cabeza en dirección a la mesa y desaparece.

Son las cuatro de la mañana. Mi estómago está digiriendo la albóndiga, demasiada agua con gas y varias galletas. Evidentemente, no puedo conciliar el sueño.

En la mano derecha tengo una pila de papeles. De entre esos papeles, muchos contienen números. Facturas. Luz, gas, el seguro del coche. Las facturas trimestrales se han acumulado desde la semana pasada. El agua, la recogida de basuras. Y luego está el teléfono. Eso también. Esa tengo que pagarla. Si mi madre decide llamar alguna vez, el teléfono tiene que funcionar. Necesitamos comida y Wrenny necesita ropa nueva. Y yo también, por cierto. Aunque llamaremos a eso un «olvídate del asunto para siempre».

Mi mano derecha empieza a temblar.

En la mano izquierda —sí, mi mano izquierda, señoras y señoras, niños y niñas— tengo un crujiente y nuevecito billete de cien dólares. Así es como sé que ella sigue viva. Esto es lo que recibí en el correo de ayer. Por eso sé que mi madre está en algún sitio viva, caminando por la tierra. No le ha caído nada sobre la cabeza. No sufre amnesia. No está muerta en una cuneta. Sencillamente, no está aquí. Está en otro sitio. Cien dólares llegaron por correo en un sobre sin remite, pero con un matasellos, por lo que sé que vino de California. Debe de estar allí con antiguos amigos, tal vez redescubriendo su pasado o algo así. Y una nota: *Lo estoy intentando. Os quiero, mamá.* Ya está. Eso es todo lo que ha escrito, amigos.

¿Qué significa? ¿Está intentando volver con nosotras? ¿Intentando ponerse bien? ¿Intentando encontrar un trabajo? Tal vez intenta evitar que enviemos al FBI a buscarla. Una táctica eficaz. Me gustaría que mis últimos recuerdos de ella fuesen de alguien a quien reconozco, alguien cuyo comportamiento pudiese predecir. Casi me hace desear ponerme en jarras y regañarla diciendo: «Intentarlo no es suficiente, jovencita».

«Sí, mamá. Yo también lo estoy intentando».

26

Me pongo el billete delante de los ojos, dejo que acaricie mis pestañas. Una vez, un billete de cien dólares hubiera sido lo más emocionante del mundo, la promesa de barra libre en la tienda de juguetes, algo que guardar para un momento en el que quisiera darme un capricho.

Pero ya no. Ahora es parte de una complicada ecuación cuyo resultado es que estoy totalmente jorobada. Sé que ella quería volver, que su intención era volver. No ha dejado la tarjeta del banco ni el talonario, nada que haya podido encontrar. Me habría dejado algo si su intención hubiera sido no volver nunca. Ella no es malvada, o al menos no empezó siéndolo. Aun así, no está aquí y yo no tengo lo que hace falta para hacer este trabajo. Lo único que me ha dejado es su coche y la casa.

Y a Wren.

Mi mano izquierda se convierte en un puño.

Día 27

Estoy en el parque. Hace un día precioso. El sol brilla, los pájaros cantan y sopla una fresca brisa. La clase de día que siempre quisiera que hiciera aquí, uno infrecuente en el que no hay demasiada humedad ni hace demasiado frío; sencillamente perfecto. Una pena que esté tan agitada por dentro y que me cueste respirar.

Nos estamos quedando sin comida. He rastreado toda la casa buscando monedas. Dentro de las jarras, bajo los cojines del sofá, en todos los bolsillos. He llevado una bolsa de polvorientas monedas de veinte céntimos, sucias monedas de diez y pegajosas de cinco a la máquina del supermercado y lo he cambiado todo por billetes, y no muchos. ¿Cuántos días más pasarán antes de tener que ponerme de rodillas frente a un trabajador social para suplicarle que no me separe de mi hermana, que al menos me deje eso?

Wren está columpiándose muy alto, riéndose con una amiguita. En el colegio ha estado jugando con una chica, Melanie, y quiero que se sienta normal. Por eso estoy aquí, aunque tengo muchas cosas que hacer. Melanie lleva trenzas con pequeños abalorios en las puntas y va ataviada con cosas brillantes de la cabeza a los pies. Me gusta verlas ahí, columpiándose alegremente en un día tan bonito, aunque cada vez que el columpio sube yo pienso *facturas* y cada vez que baja pienso *dinero*. La hermana de Melanie, Shane, está sentada a mi lado en el banco. Son nuevas por aquí y al instituto va todo el condado, así que no tienes que conocer a todo el mundo, pero ahora tengo que conocerla. Al menos un poco.

Me ha estado haciendo preguntas entre mensaje y mensaje de texto. Recibe muchos, así que está muy ocupada, y se ríe mucho también, diciendo «ay-no-no-puede ser» cuando los lee. Ayer empezó a hablarme. Me gustaría hacerle preguntas, pero no quiero responder a ninguna, así que me quedo callada, con las manos sobre el regazo.

—¡Diez minutos! —le grita a Melanie—. ¡Y no quiero tener que decírtelo dos veces! —su teléfono vibra y sacude la cabeza cuando mira la pantalla—. Los chicos son tontos, ¿no crees? Siempre van detrás de ti cuando no te interesan y pasan de ti cuando los quieres.

Sonrío, asintiendo con la cabeza. Pues claro que van detrás de ella, que es morena, exótica y segura de sí misma, pero accesible al mismo tiempo. Tiene pinta de ser divertida.

—¿Tienes novio? —me pregunta.

—No.

—¿Eres gay?

—¡No!

—¿Homófoba?

—¡Ay, por favor!

Está de broma, se ríe.

—¿Y qué tal el trabajo? —me pregunta.

—¿Yo?

—No, tus padres. Esa es tu hermana, ¿verdad?

—Sí.

—Entonces, tu madre está trabajando.

—No.

¿Por qué he dicho eso?

—¿Entonces dónde está?

Me encojo de hombros. Se me cierra la garganta.

—¿Estáis solas?

Lo dice como si fuera lo más normal del mundo, y me hace tantas preguntas y tan seguidas que no tengo tiempo para pensar.

—¿Con ella? —insiste.

No digo nada. Aunque sé que no responder es una respuesta, no voy a decirlo en voz alta. No conozco a esta chica, pero algo dentro de mí me dice que confíe en ella. Mi silencio no parece importarle, porque me mira con expresión astuta. Es inútil. Me doy cuenta de que es la clase de persona que ve las cosas como son. Lo noto en cómo inclina a un lado la cabeza.

—Yo tenía una amiga, Janine, donde vivíamos antes, en Hoboken. Siempre estaba cuidando de sus dos hermanos pequeños, pero recibían asistencia social. Bueno, la recibía su madre, así que cuando se piró, Janine recogía los cheques. Funcionó durante un tiempo, pero para ella no fue fácil —Shane hace una pausa—. ¿Recibes ayuda social?

Voy a vomitar.

—Tengo hambre, Lu —me llama Wren—. ¿Podemos ir a casa de Eden?

No, no podemos ir a casa de Eden.

—Mi madre es enfermera en Flemington —prosigue Shane como si no la hubiera oído—. Así es como hemos llegado aquí, al maldito quinto pino. Solo trabaja tres días a la semana, pero con un horario de locos. Sobre todo los fines de semana —señala a Melanie—. Así que ahora yo tengo que cuidar de la pesada de mi hermana y además tengo mi trabajo. Aunque no pasa nada, no está mal —saca un paquete de chicles del bolso y me ofrece uno, que acepto y está riquísimo—. No está mal para ser un completo desastre —se inclina un poco y me empuja de una forma que, normalmente, hubiera hecho que me apartase. Pero no lo hago.

—Así que tú cuidas de ella —hago un intento—. ¿Mientras tu madre está trabajando?

Shane sonríe como si hubiera ganado un premio y sé que es porque al fin he dicho una frase completa. Se inclina un poco más.

—Sí, a veces es un rollo, pero una tiene que hacer lo que tiene que hacer.

—Lo que tienes que hacer —repito, pensando en todas las cosas que yo tengo que hacer.

—Estás encerrada en ti misma, ¿lo sabes? —Shane me mira de arriba abajo—. Tienes que relajarte —me echa un buen vistazo—. ¿Tienes suficiente dinero?

Estoy a punto de ponerme a llorar.

—Podrías buscar trabajo. ¿Conoces Fred's? Están buscando una ayudante ahora mismo.

Sí, conozco Fred's. Todo el mundo lo conoce. Han salido reseñas en todas las revistas importantes y va gente de todas partes. Fred es, supuestamente, una especie de dios loco de la gastronomía, con un pelotón de chicas pechugonas a su lado. Nunca he estado allí. Es mitad *performance* artística, mitad restaurante mexicano, una suma salvaje. O eso dice la leyenda. Da miedo.

—Ah, ya veo —Shane arruga la nariz—. Tú eres demasiado buena para ese sitio.

No, no es eso.

Le hace un gesto a Melanie, pero Melanie la ignora por completo.

—Una pena — comenta, levantándose las gafas de sol para volver a mirar sus mensajes—. Anoche gané doscientos dólares.

Con doscientos dólares pagaría la factura de la luz. ¿En una noche?

Wren viene saltando y me toma de la mano.

—Vámonosssssssss —lloriquea—. Tengo hambre.

—¿Dar de comer a eso? Necesitas un trabajo —Shane se pone en pie—. Baja el culo del columpio, Melanie. ¡Tenemos que irnos! —hace un globo de chicle y lo explota en mi cara—. Cuando te bajes del pedestal, ve al restaurante. Creo que te contratarían si fueras ahora mismo. Acabamos de quedarnos sin una ayudante. Tiró el delantal al suelo y se piró. No podía soportar la presión.

—Yo no……

—Sé lo de tu padre —me dice en voz baja para que Wren no pueda oírlo—. Está loco, ¿verdad?

Sé que mi cara ha cambiado de color.

Wren suelta mi mano y corre para encontrarse con Melanie.

—No pasa nada —Shane me da un golpecito en el hombro—. Todo el mundo está loco, chica. Lo descubres después de un tiempo. Solo depende de qué clase de locura y si te interesa o no. Eso es lo que tú decides, el resto no está en tus manos.

—Mira lo que me ha enseñado Melanie.

Wrenny y Melanie se ponen a hacer un bailecito que consiste en dar saltos mientras se dan azotes en el culo, una coreografía sorprendentemente compleja y rítmica para un par de niñas de nueve años.

—¡Genial! —intento disimular que mi pulso se ha acelerado desde que Shane mencionó a mi padre.

Después de aplaudir recojo del suelo la mochila de Wrenny, al lado del banco. Meto la mano en el bolsillo para tocar el silencioso móvil que pronto van a cortarme y mi último billete de diez dólares.

—¿Fred's? ¿De verdad crees que me darían un trabajo allí?

—Chica lista —Shane sonríe—. ¿Tienes un número de teléfono?

Confianza. ¿Qué significa exactamente? Le das a alguien el cuchillo con el que va a matarte cuando confías en él. Sé que eso es así. Estoy cagada, pero Shane puede ayudarme a llenar la nevera, a tener luz, a conservar el Canal Satélite para que Wren vea sus programas de cocina, a no separarnos.

Puede que me tiemble la mano, pero tengo que darle el cuchillo a esta chica extraña, aun sabiendo lo afilado que puede ser.

Digby tiene un cuchillo.

Eden otro.

Y ahora Shane.

Esos son muchos cuchillos.

Siento el cosquilleo de las hojas en la garganta y espero que las manos que los sujetan sean firmes.

Así que...

Con mis últimos diez dólares compro:

Un cuarto de kilo de jamón

Una barra de pan blanco (el único tipo de pan que Wren
    quiere comer)

Dos coca-colas (no me juzgues)

Lechuga iceberg (lo sé, no tiene valor nutricional)

Una manzana (Fuji, la única clase que me gusta, nada
    harinosa)

Salimos al porche a comer los bocadillos porque hace un día demasiado bueno como para estar dentro de la casa. Nos tomamos las coca-colas y, mientras Wren habla y canta, yo recuerdo cuando Eden y Digby vivían en la casa de al lado, cuando el porche era comunitario, ya que las dos casas estaban conectadas. Cuando éramos pequeñas, Eden y yo dejábamos cosas para la otra sobre la barandilla blanca que dividía el porche en dos. Si Eden se dejaba los zapatos en mi casa, yo los ponía allí y cuando volvía a mirar, ya no estaban. Entonces, cuando tenía tiempo para leer, Eden dejaba libros sobre la barandilla con notitas adhesivas en las páginas que más le gustaban. Eden y Digby vivían en el lado bonito, funcional, mientras que yo estaba atrapada en la retorcida casa de la risa. Porque, seamos realistas, antes éramos una familia, cuando mi padre y mi madre estaban aquí, con nosotras, pero nunca fuimos *ellos*. Nunca pensé que cambiaría nada. Aún no entendía que todo cambia siempre. Es una ley universal. Ojalá alguien me lo hubiese explicado. No prestaba suficiente atención al hecho de que estaban ahí. Mis padres eran como un elemento permanente y pensé que estarían ahí para siempre.

Pero ellos siguieron adelante mientras nosotros íbamos marcha atrás.

Entonces llega la señora Albertson, con sus rulos y su inagotable vaso de limonada, que es lo que tiene ahora en la mano mientras se deja caer en la mecedora frente a la pared de ladrillo, donde solía estar apoyada la hamaca de Eden. Nos saluda con la cabeza.

—Hola, chicas.

Tenemos que seguir comiendo. Estamos hambrientas.

—¿Cómo estáis?

—Estamos bien —Wrenny se mete el resto del bocadillo en la boca—. ¿Quiere ver lo que he aprendido en el parque?

Se pone a bailar, pero ahora mismo los movimientos

parecen más perversos que impresionantes. ¿Tiene que haber tantos giros?

—Mmmmmm —la opinión de la señora Albertson está encajada entre sus arrugas.

Tengo que barrer el porche.

—¿Cómo está tu madre? —pregunta.

—Bien —respondo. De repente, el bocadillo se vuelve demasiado grande para mi boca, no pasa cuando intento tragarlo—. Muy ocupada.

Wren se apoya contra la pared del porche y se queda completamente inmóvil.

—No la he visto últimamente.

—No, es que trabaja mucho. Le ha salido un trabajo de enfermera en Flemington. Tiene un horario fatal —se me ocurre decir.

—Ah —la señora Albertson toma un sorbo de limonada con gesto de desconcierto—. No sabía que fuese enfermera.

—Sí, antes de tener a Wren. Se ha esforzado mucho para convalidar su título en Nueva Jersey y ahora lo ha conseguido. Estoy muy orgullosa de ella. Trabaja mucho. Está muy cansada de trabajar tanto para nosotras.

Me estoy pasando. Tengo que pisar el freno. Yo nunca hablo tanto y seguramente parecerá sospechoso.

Wren pasa el dedo por la barandilla. Tararea en voz alta.

—Bueno, salúdala de mi parte —dice la señora Albertson.

—Sí, lo haré —respondo. Yo nunca digo eso—. ¿Y usted cómo está?

Mi corazón late a toda velocidad y solo deseo entrar en casa, pero no quiero que parezca que salgo corriendo.

—Ah, bien. Sigo preguntándome por qué narices compré esta casa. Cuando Geoffrey murió y mis cinco hijos se fueron me pareció lo más lógico mudarme a una casa más pequeña. Pero mis piernas están cada día peor, ¿sabes? —se frota un muslo—. Debería haber pensado en las escaleras —toma otro sorbo de limonada—. Supongo que debería agradecer que al menos pueda seguir tomando azúcar. Aún no tengo diabetes —golpea la barandilla con los nudillos y sonríe.

—Supongo que todos debemos estar agradecidos por las cosas pequeñas —me parece que es lo más apropiado que puedo decir.

La señora Albertson se inclina tanto hacia delante que puedo ver el escote flácido y arrugado que esconde bajo la camisa abotonada.

—Sí, señorita Lucille. Yo creo que se trata de eso.

Le abro a Wrenny la puerta mosquitera y la de madera arañada y entramos en la tranquilidad de nuestro palacio en ruinas. Bueno, tranquilidad, creo que eso es discutible. Más bien callado que tranquilo. Un raro silencio cae sobre nosotras. Wren casi nunca está así de callada.

Mientras nos desplazamos por la casa compruebo:

Que hay que cambiar algunos azulejos y que el asiento del inodoro se ha soltado.

El picaporte de la puerta del dormitorio del fondo se ha
aflojado, así que hace falta un destornillador para
abrirla cuando se cierra por accidente.

Y a la caldera también le pasa algo. Solo sale agua
caliente cuando está encendido el lavavajillas y eso
no puede ser normal.

La otra noche, el toallero se soltó de la pared cuando
estaba colgando la toalla después de bañar a
Wren. Tengo que volver a colocarlo.

Esta casa está poseída por algún espíritu cabreado que sabe que mis padres se han ido y ha decidido cargárselo todo.

Nos metemos en la cama de mi madre y busco el fiel Canal de Cocina. Bendito sea, justo entonces acaba de empezar el programa favorito de Wrenny. La Condesa Descalza nos sonríe beatíficamente mientras prepara su asado y Wren se relaja un poco.

Mi madre iba a pintar el techo de la habitación de Wrenny. Eso es lo que dijo. Una semana antes de irse trajo cien muestras y dejó que Wrenny eligiese el color. Incluso compró la pintura y todo. Pensé que estaba mejor, pero entonces intentó ver a mi padre por última vez, y cuando descubrió que le habían dado el alta y había dejado instrucciones para que su paradero fuese un dato confidencial incluso para su mujer, todo se fue al infierno. Mi madre perdió la cabeza, pero antes de eso, durante un día o dos, parecía emocionada de verdad. Motivada para volver a reunir las piezas. Pensé que la habíamos recuperado.

Wren eligió el color *I've got the Blues,* como la canción. Decía que quería el cielo en su habitación, ya que solo tiene una ventanita pequeña, y mi madre dijo que si quería el cielo, entonces tendría el cielo.

Las latas de pintura sin abrir siguen bajo las manchas de pisadas de Wrenny, que suele poner los zapatos sucios contra la pared. Pero supongo que es irrelevante que la pared siga sin pintar. Mi hermana no ha dormido una sola noche en su habitación desde que mi madre se marchó. Ninguna de las dos lo ha hecho. Hemos dormido en la habitación de mi madre porque tiene una cama lo bastante grande para las dos y la televisión está allí. Creo que al principio estábamos manteniendo la cama caliente para ella, pero ahora es para calentarnos nosotras. Juntas. La puerta de la habitación de Wren está casi siempre cerrada, salvo cuando entra para buscar o dejar algo. Nos gusta así.

Empiezan a caer las sombras. Wren me abraza fuerte.

Cuando mi madre la metía en la cama solía cantarle una canción o leerle un cuento hasta que se quedaba dormida. Algunas noches, cuando me metía temprano en la cama, esos preparativos eran como un ventilador que me llevaba al sueño con risas y música. ¿Y yo? Miro el techo, con una mano en la espalda de Wren. Inspirar, exhalar. La vida.

Mi madre se marchó con una sola maleta y el ordenador portátil. Dijo que tenía que ordenar sus ideas y que volvería pronto. Dijo que podríamos ponernos en contacto con ella por teléfono y que de todas formas llamaría todos los días. Cuando le preguntamos dónde iba, respondió que no lo sabía. Pero debía de saber algo. Iba a algún sitio. Nos dejó un congelador lleno de comida y unos cuantos cientos de dólares, me dijo que las facturas estaban pagadas para todo el mes y luego se marchó. Arrastraba un poco las palabras y tenía los ojos muy abiertos y apagados. Nos dio un abrazo desganado antes de subir al taxi para ir al aeropuerto.

Era como si no estuviésemos ahí, como si fuéramos fantasmas. Pero para entonces ella era ya un caparazón. La madre que yo conocía se había ido, había estado ausente durante un tiempo, así que despedirme no era tanto decir adiós como desprenderme de algo que de todas formas ya era un recuerdo que iba debilitándose.

Nunca llamó.

Ahora, Wren me abraza por la cintura, casi inconsciente, y apoya la cabeza en mi hombro. Su pelo huele a perro mojado, no porque haya estado con un perro mojado, sino porque (he descubierto) las niñas pequeñas huelen a perro mojado cuando no se lavan el pelo y las hormonas preadolescentes les salen por el cráneo. Me pasa un brazo por encima del estómago y aprieta sin querer el botón del mando que quita el sonido de la televisión.

—Mamá no es enfermera —su voz suena amortiguada por mi cuerpo.

—No.

—Pero has dicho que lo era.

—Pues sí, Wrenny.

—De acuerdo —replica ella.

Estoy a punto de preguntarle a su coronilla qué vamos a hacer. ¿Qué futuro nos espera? Lo único que veo es un agujero negro, un espacio vacío donde deberían estar la universidad, los chicos y la comida. Si no hago algo pronto, la casa se desintegrará y se caerá a pedazos. Alguien descubrirá que estamos solas aquí. Wren y yo tendremos que irnos y nos separarán, y mi móvil estará desconectado. Mi madre no podrá ponerse en contacto con nosotras si le pasa algo. Y si vuelve, tendrá esa expresión perdida en la cara. No se esforzará por ponerse bien. No luchará. Y todos estaremos perdidos y sepultados en el olvido.

Los billetes de cien dólares de almas errantes no van a poder evitarlo.

Wren está roncando. Yo llevo mirando el techo un cuatrillón de años.

Mi móvil vibra bajo la almohada. Ni siquiera pienso por un segundo que pudiera ser mi madre. Solo una persona me envía mensajes a estas horas de la noche.

TOC, TOC, dice. Eden.

¿QUIÉN ES?, consigo escribir por encima de la cabeza de Wrenny.

VE AL RÍO.

DAME 30.

Tenemos un sitio para vernos. Subes un poco por el camino del canal y luego cruzas, pasando el viejo vagón de tren. No sabemos cómo el vagón de tren terminó insertado entre los árboles, encajado entre las rocas. Siempre nos hemos preguntado por qué nadie más que nosotras, va allí ya que es, evidentemente, el sitio que más mola del pueblo. Es el sitio perfecto para mirar el río y hablar de nuestras cosas. Solíamos pasar horas con los pies dentro del agua en los días calurosos, rodeadas del verde exuberante y la dulce sombra de los árboles, cuando decidimos ser mejores amigas y nos hicimos unos collares de oro falso para demostrarlo. Incluso hicimos un juramento de sangre. Eden estaba al mando. El corte tardó semanas en curar. Un poco como cuando perforó mis orejas justo en la roca, su roca. No debería dejar que Eden manejase objetos punzantes cerca de mi persona.

Han pasado tantas cosas en este sitio…

Ahora nos vemos allí por la noche, en la oscuridad, porque es la única oportunidad que tenemos de estar solas. Y antes de que me juzgues por dejar a Wrenny sola en casa, ten en cuenta que no se despertó durante un terremoto en Disney World y que es muy probable que vivamos en el sitio más seguro del planeta. En fin, da igual. Llámame irresponsable, si quieres.

Te juro que Eden es como un faro. Sentada en su roca favorita, con los calentadores y la sudadera negra con capucha, parece brillar en la oscuridad. Aunque, teniendo en cuenta lo que lleva puesto, eso no tiene mucho sentido. Creo que es por su piel, anormalmente pálida.

Le doy un abrazo más largo de lo habitual. Es diferente aquí que en el instituto, o incluso en casa. Estamos las dos solas, sin testigos. Me gusta pensar que las cosas de las que hablamos aquí están a salvo, que las palabras van de nuestras bocas a la tierra y hacen crecer árboles que guardan nuestros secretos entre sus hojas.

—Tengo miedo —le digo antes de sentarme.

—Lo sé —se agarra las rodillas e inclina a un lado la cabeza, como una ágil y brillante hada del bosque.

—La señora Albertson ha empezado a hacer preguntas y la casa se está cayendo a pedazos. Y Wrenny, no sé qué le pasa y ya no puedo ver el futuro cuando lo busco en mi cabeza.

Eden se coloca un mechón de pelo detrás de la oreja.

—Al menos no tienes que pagar alquiler o hipoteca. Alabada sea tu tía Jan —Eden se santigua—. Que Dios la tenga en su gloria, claro.

—Impuestos —le informo—. Hoy ha llegado otra factura.

—Necesitas ayuda, Lu. No vas a poder hacer esto tú sola.

Saca un cigarrillo del bolsillo. Todas las bailarinas fuman, dice ella. Por el peso. A mí me gusta el olor, cómo casi llega también a mis pulmones. No sé por qué, en ella no queda tan horrible como en otras personas. Tal vez porque el resto de Eden huele a madreselva y a sal gorda. Al final, el resultado es una mezcla agradable, como una pieza de chocolate muy complicada. Da una calada profunda. Tira la ceniza.

—Bueno, pero solo quedan nueve meses hasta que cumplas los dieciocho, ¿no?

Sé que su intención es consolarme, pero ahora mismo eso parece una eternidad para controlar la situación. Y es la primera vez que alguien da a entender que mi madre podría no volver nunca. ¿Y qué pasará cuando cumpla los dieciocho? ¿Todo se arreglará por arte de magia cuando den las doce el día de mi cumpleaños? Tal vez podría conseguir la tutela de Wren, ¿pero qué pasará después? ¿Qué pasará con el resto de nuestras vidas?

—Que no se entere mi madre porque hará justo lo que no debe. Y ha estado haciendo preguntas, no es tonta —saca algo del bolsillo y pone unos billetes en mi mano. Un hada del bosque que no se anda con tonterías—. Creo que deberías evitar ir a mi casa durante un tiempo. Intenta pasar desapercibida. A lo mejor se le olvida meterse en el asunto. Mientras tanto, compra algo de comida y déjame pensar. Ya encontraremos una solución.

—Encontraremos —repito, mirando el dinero en la palma de mi mano. Con esto puedo comprar provisiones para el almuerzo durante unos días. Un dinero que me gustaría devolver, pero no puedo. Culpabilidad. Vergüenza. Alegría. Tantas cosas.

—Pues claro que la encontraremos entre las dos —Eden sonríe—. ¡Eres mi mejooooor amiga para siempre!

Me río. Ella me hace reír. Parece como si hubiera pasado muchísimo tiempo desde la última vez que me reí. Siglos.

Me guardo el dinero en el bolsillo y la miro otra vez.

—¿Tú crees que mi madre nos quiere? —le pregunto.

Ella me mira durante largo rato, eligiendo sus palabras cuidadosamente.

—Da igual si os quiere o no —mete sus largos dedos por dentro de las mangas y las deja colgando.

—¿De verdad?

—Todo sentimiento tiene un equivalente en actos o es inútil.

—¿Eso se te ha ocurrido a ti?

—No, claro que no. A Virginia Woolf.

—Ah.

—¿Sabes lo que pienso, mi pequeña Lulu? —Eden tira de la cremallera arriba abajo, como esperando que la respuesta salga de su pecho si hace eso suficientes veces. Yo sé cuánto le gustaría tener respuestas para mí—. Creo que tu madre os quiere. Puede que os quiera tanto que está llorando todo el puñetero día. Puede que lo lamente muchísimo —me mira, luego mira más allá y después vuelve a mirarme—. Pero si no aparece, si no puede… me da igual cuál sea la asquerosa razón que le permite estar lejos sabiendo todo lo que has pasado, todo lo que tendrás que soportar sin ella. Si no vuelve, preciosa señorita Lu… dime tú qué coño importa si os quiere o no.

Con intención de ser prácticas, Eden y yo nos ponemos a pensar de verdad. Ella saca un bolígrafo y su pequeña libreta de citas literarias del bolsillo y empezamos a hacer una lista.

PASO NÚMERO UNO: responder al mensaje de Shane
e ir a esa entrevista de trabajo en Fred's mañana,
aunque da mucho, pero mucho miedo.

PASO NÚMERO DOS: Si me dan el empleo, Eden se
quedará cuidando de Wrenny durante dos días a la
semana, en mi casa, para que yo pueda acudir a
dicho trabajo. Fingirá que está haciendo más horas
de ballet. Con cuatrocientos dólares a la semana
podría aguantar. A duras penas, pero las cosas
cambiarían muchísimo.

PASO NÚMERO TRES: pagar las facturas de una en
una, por orden de importancia. Curiosamente, el
móvil y el Canal Satélite son las primeras de la lista.
Bueno, después de la luz.

PASO NÚMERO CUATRO: ir al instituto y comprobar
que Wrenny vaya al colegio y haga sus deberes
para que nadie sospeche.

PASO NÚMERO CINCO: sonreír un poco.

Eden escribe todo eso, sonríe poniendo cara de ton-
ta, arranca la hojita de su libreta y la pone en mi mano.
—Es un principio —dice, mirándome con gesto mali-
cioso.
—¿Qué?
—Nada.
—¿Nada qué?
—Solo estoy intentando imaginarte con un pantalon-
cito corto.
—Cállate.

—Me parece que los petos no están en el menú de Fred's.

—Ay, por favor.

—Ni decir: «Ay, por favor».

—¡Ay, por favor!

—Vas a necesitar un cambio de imagen.

—Cállate, anda.

—Y ampliar tu vocabulario —insiste Eden—. «Cállate» y «Ay, por favor» no te van a servir de mucho. Ensaya: «Hola, qué tal, señor, ¿cómo quiere su taco? ¿Duro o blando?» —pronuncia «duro» con tono perverso mientras echa el pecho hacia delante y lo sacude.

—¡Aggg! —nos reímos un montón, pero luego pienso en voz alta—. No me van a contratar.

—Pues claro que sí —insiste ella—. Tienes mucho encanto... pero llevas demasiadas capas —hace revolotear una pierna frente a mi cara como tiene por costumbre—. Tendrás que quitártelas —se pone seria—. Convéncete a ti misma de que eres una chiflada del teatro y estás haciendo una obra en el instituto.

Es una idea absurda. Ni la fuerza de mil Míster Universo podría convencerme para que me subiera a un escenario.

—De todas formas, ya no tienes ocho años —su expresión traviesa resplandece en la oscuridad—. Cómprate un brillo de labios, por favor.

Día 28

—Venga, a ver, ¿qué te he dicho? —me interroga Eden.

Estamos frente a Fred's, a las afueras del pueblo, sentadas en el coche de mi madre. He venido para la entrevista e intento ver el interior a través de los cristales reflectantes del edificio rectangular, pero es inútil. Eden se está mordiendo el pulgar, y eso significa que está preocupada.

—Me has dicho que sea valiente —respondo para que sepa que recuerdo sus instrucciones.

—Ya —Eden parece creer que eso es todo lo que me hace falta—. Sé atrevida y las fuerzas poderosas acudirán en tu ayuda —me mira detenidamente—. Esa es buena, ¿eh? Deberías memorizarla.

—Vale, pero no quiero que te lleves una desilusión si no me contratan.

—No digas eso, te van a contratar. Estás muy guapa —tira de mi camiseta hacia abajo, yo tiro hacia arriba—. Tienes que enseñar un poco de carne, solo un poco. Miniescote.

—Bueno —me bajo un poquito la camiseta.

—Te pareces a mamá —dice Wrenny.

—La he tomado prestada de su armario.

—No es por eso —insiste Wren y yo me siento rara.

—Bueno, niñita —Eden da marcha atrás casi sin darme tiempo a cerrar la puerta del coche—. Vamos a pasarlo bien.

—¡Yupi! —grita mi hermana.

—Y habrá baile. Ah, sí, claro que sí.

—¡Yupi! —vuelve a gritar.

—Mándame un mensaje cuando hayas terminado y vendré a buscarte.

Se alejan con la música a tope mientras yo asiento con la cabeza.

Al parecer, no soy lo bastante sexy.

—¿Qué demonios es esto?

Fred parece un científico loco más que el propietario de un restaurante. Pelo canoso, gafas con montura de pasta, pantalón corto, calcetines hasta las rodillas y zuecos. Con todos los cotilleos que corren sobre él y sus excentricidades, no sé qué había esperado, pero no era esto. Esto es otra cosa enteramente. Es como Hunter S. Thompson, el chef. Un innovador de la gastronomía. A Eden le encantaría.

Shane, ataviada con los obligatorios pantaloncitos cortos y un top negro que le queda de cine, le da una palmadita en el hombro.

—Beth se ha ido, ¿vale? Esta es mi amiga Lucille. Contrátala y cállate. Está aquí para salvarte el culo.

—¿Es por la madre de Jimi Hendrix? ¿Tu nombre?

Asiento con la cabeza, impresionada. Nadie lo adivina nunca.

Me señala con un dedo delgado.

—¿Qué lleva puesto, Rach? ¿Esta chica te parece uno de nosotros?

—Venga ya, Freddie. Es mona, incluso con esa ropa tan aburrida.

Esto lo dice seguramente el ser humano más bello que he visto en toda mi vida. Pelo rubio platino, un cuerpo que hace que mi yo no gay quiera llorar, y unos ojos tan grandes que te podrías hundir en ellos.

—Rachel —dice con una voz muy suave mientras toma mi mano para dar un apretón flojo—. Encantada de conocerte.

Marilyn Monroe vive.

—¿Sabe hablar? —pregunta él.

Fred se seca las manos mojadas en el delantal y luego se pone en jarras, estilo Peter Pan. Parece vibrar y estoy segura de que me odia. Sabía que esto no era para mí. ¿Por qué he dejado que Eden me convenciese?

Doscientos dólares, pienso. Un fajo de billetes, pienso. Intento sonreír.

—Ay, chica, déjalo —me susurra Shane al oído—. No te sale bien.

—Hablo —le digo a Fred, haciendo un esfuerzo para mirarlo a los ojos.

Él esboza una sonrisa algo escurridiza.

—Bueno, muy bien, doña habladora, tengo que hacerte una pregunta: ¿estás lista para la guerra?

—Nos encanta la guerra —responde Shane por mí—. ¿Verdad que sí?

En términos generales, soy pacifista, pero afirmo:

—Me encanta la guerra.

—Me alegro, porque este restaurante es un campo de batalla y cuando yo digo «Vamos» hay que empezar a disparar. Mi comida son las granadas que lanzas. Tira de la anilla, guapa. Somos el Grupo de Operaciones Especiales, ¿lo entiendes?

Asiento con la cabeza.

—Sí, sí, Operaciones Especiales.

Han entrado unas cuantas chicas y están haciendo cosas detrás de él. Cortando limones y limas, llenando botes de plástico con miel, colocando cubiertos. Escuchando la bronca de Fred y poniendo caras, pero sonriendo y contentas también. Esa es una buena señal, pero Fred parece estar como una cabra. Eso me recuerda lo que ha dicho Shane, que todos estamos un poco locos. Y puede que me guste la particular clase de locura de Fred.

—¿Me estás escuchando? —pregunta.

—Sí, estoy escuchando.

—Así es como son las cosas —pasea por delante de mí arrastrando los pies—. Abro a las cinco y cierro a las diez. Tú eres un miembro de las Fuerzas Especiales de Freddie desde que llegas aquí a las cuatro hasta que terminas de pasar la fregona.

—Muy bien.

—No hagas tonterías con mi comida ni con mi equipo y nos llevaremos bien. Somos una familia y yo te protegeré, ¿entiendes?

Espera hasta que digo que sí y luego se lanza otra vez:

—Muy bien entonces. Te necesito cuatro noches a la semana, de lunes a jueves. Si quieres trabajar los fines de semana, tendrás que ganártelo o alguien de mi equipo de fin de semana tendrá que morir.

Cuatro noches. Le dije a Eden que dos, y nadie va a creer que las clases de ballet duran hasta las diez, pero no sé qué puedo hacer. Tengo que aceptar este trabajo, y me da la impresión de que Fred no es de los que negocian.

—Bueno, vamos a ello —me dice.

Me da un espasmo. ¿Estoy contratada?

—¿Estoy contratada? —le pregunto.

—Serás la ayudante de Rachel, así que llevarás agua a la gente y servirás bebidas. Pídele a Val que te dé el licor y limpia las mesas. Lleva pajitas, porciones extra de crema agria, las cuentas, lo que tengas que hacer. Lo importante es que la gente quede contenta y bien atendida. No salgas de la sala sin llevarte algo de una mesa y no vuelvas nunca sin traer algo contigo. Aquí hay que moverse, no hay tiempo para sentarse. Ya veremos cómo lo haces —me ofrece una sonrisa torcida—. Ya veremos —se vuelve hacia Shane, que está rellenando botes de kétchup en una esquina al otro lado—. Pero no puede trabajar así. ¿Puedes hacer algo con su ropa?

—Espera… ¿empiezo a trabajar ahora mismo?

—Voy a ver lo que hay en el almacén —Shane me hace la clase de guiño que es a la vez de simpatía y satisfacción, pero con el que también me indica que no discuta.

—Tienes un bonito cuerpo y una cara agradable

—Fred se vuelve hacia mí sobre sus ridículos zuecos—. Mis fuerzas especiales son un montón de tías cañeras con pistolas de tacos. Somos francotiradores de burritos, bombarderos de tamales —lanza un par de puñetazos al aire—. Somos una familia, pero a mí me gusta que mi familia sea sexy, así que encuentra la forma de lucir lo que tienes y todo irá bien.

—Y la forma de llevar una bandeja con catorce vasos de agua —interviene Rachel, deslizándose más que trotando sobre sus peligrosos tacones altos—. No te preocupes, lo harás bien. Todas hemos tenido un primer día.

—Muy bien —asiento, pensando en los doscientos dólares que podría tener en el bolsillo si hago esto bien—. Ponme sexy para que pueda ser de las fuerzas especiales.

Una chica de pelo negro, flequillo despuntado y uñas rojas cubierta de tatuajes se ríe. Val.

—Venga, chica, vamos a arreglar el papeleo —me anima—. Vas a hacerlo bien.

«Ay, caramba», susurra el pez fuera del agua que se muere de miedo en mi cabeza. Eso espero.

«Cállate».

Estoy sudando. De hecho, nunca había sudado tanto en toda mi vida. Me paso la lengua por los labios y saben a sal. Debería estar cansada, pero un temblor me recorre hasta la punta de los dedos. Estoy despierta. Es como si me hubiera pasado algo cuando me puse el pantaloncito negro de Shane y los tacones de Rachel. Los zapatos hacían que mis caderas se cimbreasen adelante y atrás al caminar (bueno, casi correr) por todo el restaurante, y cuando me miré al espejo y vi la máscara de maquillaje que me habían puesto, el contorno de ojos negro, los labios rojos, supe que Eden tenía razón, que lo único que tenía que hacer era fingir que era otra persona, alguien valiente.

Algo cae al suelo. Solo podía pensar en las cosas que tenía que hacer, en las cosas que otras personas necesitaban, y no había sitio para nada más en mi cerebro. Todo estaba apretujado, y solo estaba yo y este sitio ruidoso, explosivo. Se me cayó una bandeja de agua en la espalda de alguien y pensé que sería el fin, pero cuando miré hacia la cocina, Fred estaba riéndose. Después de eso, fue la mantequilla.

Ahora he pasado la fregona. He limpiado los mostradores, las jarritas de miel y el interior de las neveras. He cubierto bandejas de limas y limones y guardado los botes de kétchup. Hay algo en todo esto que tiene sentido para mí. Hay un principio de la noche. Hay caos y carreras, y mucho ruido. Y entonces la puerta se cierra y cuando termino de comprobar la lista de tareas, cuando todas las casillas están marcadas, hay un final. La cocina está limpia, el restaurante tranquilo. Todo el mundo está agotado, pero contento. El ruido va apagándose. Orden.

Y algo más. Esto se me da bien.

Y ahora en la mano tengo dinero, tanto dinero.

—Ve a pedirle a Val que te lo cambie en billetes de veinte —me indica Rachel.

—¡Ay, por favor, gracias!

—No me des las gracias, cariño. Te lo has ganado.

He ganado más de cien dólares.

Val está rodeada de dinero y me devuelve billetes de veinte a cambio de mi montón de billetes de un dólar, de cinco y de diez.

—Lo has hecho bien.

La voz de Fred me hace dar un respingo. Se ha quitado el delantal y sin él solo es un tío con pinta de empollón, dientes sospechosamente afilados y gafas sucias. Lleva el pelo peinado hacia atrás y su rostro está limpio, pero sigue con los calcetines y los zuecos. Si lo vieras caminando por la calle nunca adivinarías que es el comandante en jefe de este extraño imperio.

—Gracias.

Fred tiene algo que me hace desear hacer un buen trabajo para él y siento como si me hubieran puesto un 10 en un examen que pensaba que iba a suspender.

—Creo que te puedes quedar.

Mi cuerpo duele, vacío.

—Sí —Shane me pasa un brazo sobre los hombros—. Ya te lo dije, Freddie. ¿Cuándo vas a aprender a hacerme caso?

Él sonríe y saca un cigarrillo del bolsillo.

—Val, ¿vas a cerrar tú?

Envío un mensaje a Eden para decirle que puede venir a buscarme, y cuando salgo del restaurante y busco rastros del coche de mi madre me encuentro a Digby sentado en su camioneta naranja, llamada afectuosamente *La Bestia*, y no entiendo nada.

Siento pena por adelantado, ya que voy a tener que despellejar a mi mejor amiga por esto.

Me estoy helando con este atuendo. ¿Por qué no me he puesto mi ropa? Quiero salir corriendo, pero sé que eso sería una grosería y, además, hace frío y no quiero ir andando a casa. Así que intento parecer normal mientras me acerco a la camioneta.

Digby me abre la puerta del pasajero.

—Hola.

—Hola.

Una vez dentro, intento no aplastarme contra el respaldo de cuero.

—Eden me ha pedido que viniera a buscarte. Wren se ha dormido y no quería dejarla sola.

Arrancamos con un pequeño estruendo y yo intento no mirar sus manos.

—Bonito pantalón —noto que está disimulando una sonrisa.

—Tengo que llevar esto.

—Nunca imaginé que pudieras ser una de las chicas de Fred.

—La necesidad es la madre...

Digby se da la vuelta.

—Te queda bien. No estaba metiéndome contigo. Quería decir que ese pantalón te queda bien. Tienes las piernas bonitas.

Es mi turno de volverme en el asiento. Tiro de mi ropa con la esperanza de taparme un poco más, pero descubro que los pantaloncitos cortos no pueden llegar más lejos de lo que llegan.

—Lo que quiero decir —prosigue Digby— es que pareces demasiado tímida para un sitio como Fred's. Y nunca te había visto las piernas, pero las tienes bonitas.

—Vale, tampoco hace falta que te pases —le digo. Silencio. Silencio—. Y gracias. A lo mejor no soy tan tímida —estoy pensando en la noche que he tenido—. A lo mejor el tímido eres tú.

Él parece pensárselo.

—A lo mejor lo soy.

Detiene el coche frente a mi casa. Me pilla por sorpresa, hemos llegado tan rápido.

—¿Te importa decirle a Eden que salga? —me pregunta.

—No, claro.

Salgo del coche. Tengo una visión clara de sus ojos, el dulce y limpio verde que lleva consigo como si no fuera nada. Me obligo a mí misma a mirarlos, a ver lo que hay en ellos. Dos faroles es lo que son. Estrellas centelleantes. Es así. Digby es el primero en apartar la mirada.

—Que pases buena noche, Lucille —lo dice mirando hacia la ventanilla, como si yo estuviera al otro lado.

—Sí, Digby.

Plink. Foto. Él, justo así, volviendo la cara porque no puede mirarme.

—Voy a buscar a Eden.

Eden está leyendo, las piernas separadas como una muñeca rota. Wren está tirada en el sofá.

—¿Y bien? —me examina de la cabeza a los pies desde

detrás de su libro. Faulkner—. Caray, estás muy guapa con esa pinta de fresca.

—¿Ah, sí? Me alegro porque estaba pensando olvidarme de las *Converse* y el peto y, como tú sugeriste, ponerme esto todos los días.

—¿Cuánto has ganado?

—Ciento ocho dólares exactamente.

—No está mal. Además, ese es un número sagrado. Un buen presagio. Las buenas cosas están por llegar —cierra el libro de golpe—. ¿Digby está fuera?

—Sí —intento poner cara de enfado—. Gracias por avisarme, por cierto.

—¿Por qué tenía que avisarte? —está guardando el libro en su bolso, sin mirarme—. Solo es Digby.

—¿Y Wren? —le pregunto—. ¿Todo bien?

—Ah, sí. Hemos bailado un rato, hemos hecho unos cuantos deberes, hemos visto *Cake Boss*. Ha hecho una especie de lagarto —Eden bosteza—. No sé cómo lo hace. Lanza llamas por la boca y le crecen colas nuevas cuando te las comes. Es como un dios —me da un abrazo rápido, apretando mis hombros—. Pero la señora Albertson ha pasado por aquí. Quería hablar con tu madre.

Mi corazón golpea contra mis costillas.

—¿Y qué le has dicho?

—Que está de vacaciones.

—Ah.

—¿Qué? ¿Qué ocurre? —me pregunta desde la puerta.

Tantas mentiras.

La noche que fue
el final de todo

La noche que mi padre se marchó yo había dejado la ventana abierta porque estaba llegando esa época del año en la que nunca refresca, pero mi padre aún no había subido los aparatos de aire acondicionado del sótano. Una de esas decisiones sobre las que me pregunto ahora. ¿Y si mi ventana hubiera estado cerrada? ¿Y si el aparato de aire acondicionado hubiera estado encendido, con ese runrún...? ¿Mi madre seguiría viva?

Pensé que mi padre era un cerdo.

Mi padre era un cerdo que gimoteaba, gruñía y hacía extraños ruidos al otro lado de mi ventana, pero al principio no sabía que era mi padre. Me senté en la cama, buscando el origen de ese horrible ruido enfermizo, intentando entender cómo podía haberse escapado un cerdo de alguna granja cercana para terminar en el centro del pueblo. Entonces el cerdo dijo el nombre de mi madre, no una vez, sino un montón de veces, como un mantra de chillidos.

—Lauralauralauralauralaura...

Un tono agudo. Animal. No era humano. Pero era mi padre, me lo decían mis entrañas. La saliva que llenaba mi boca me lo decía. El aleteo de mi corazón me lo decía.

—Cállate, cariño —siseó mi madre desde el porche—. Entra en casa.

En camisón, temblando, me acerqué a la ventana a pasitos rápidos y me agaché, pero estaban demasiado cerca de la casa como para poder ver algo. Miré la tranquila calle, los perfectos arbustos recortados de nuestro vecino, Andrew, al otro lado, y agucé el oído.

—No puedo, no puedo —decía él—. No puedo volver ahí.

—Pero... Tony, solo tienes que dar cinco pasos para entrar en casa.

—Es todo mentira. Soy un fracasado. He fracasado en esto, en todo.

—No es verdad. ¿A quién le importa un estúpido aumento? No es nada.

—Tú has hecho que me importe esta mierda. Esto es culpa tuya —cada vez subía más la voz—. Tú has hecho esto.

—¿Qué he hecho? ¿Qué te he hecho yo nunca? —el tono de mi madre sonaba tan derrotado.

—Tú querías tener hijos, te di hijos. Tú querías que dejase la carretera y dejé de tocar. Tú querías que buscase un trabajo de verdad y lo hice. Tú me has hecho esto

—se apartó de la casa y pude ver sus fornidos hombros, su vieja camiseta de *Bones Brigade,* gastada y sobre su torso, su estómago, sus manos y su pelo—. Mírame. Mírame, no soy un hombre. He fracasado. No tengo nada. Debería estar haciendo surf, tocando el bajo, no haciendo esta mierda que me chupa el alma. No puedo seguir haciéndolo.

—¿Hacer qué? —la voz de mi madre era tan hueca y densa, que casi la llamé a gritos; pero mi padre seguía:

—Nada de esto. No se me da bien ser un tío trajeado. Soy un perdedor. Tú lo sabes, ¿no? Me está matando esta vida de mentira. Tú me estás matando, vosotras tres. Ni carrera, ni casa propia… No soy nada, un don nadie. Y tú eres un vampiro —su tono de voz era bajo ahora, no la reconocía—. Eres un súcubo. Tú y esas puñeteras niñas me lo habéis quitado todo. Lo has hecho a propósito.

—No puedes irte —insistía mi madre.

—¿Por qué no? Tú no me quieres, yo no te quiero a ti. ¿Para qué?

—Te quiero tanto que estoy enferma —cuando su voz se rompió supe que era verdad. Él negó con la cabeza—. Tony, entra en casa —ahora su tono era sereno, como cuando Wren se hacía una herida en la rodilla—. Entra conmigo. Voy a hacer una taza de té.

—¿Té? —mi padre soltó una carcajada—. ¿Té? ¿Estás loca o qué? No quiero té. Quiero recuperar mi vida. Quiero lo que tú me has quitado, maldita sea.

—Tony…

Fue entonces cuando la agarró.

Chocaron el uno con el otro, y yo apreté la nariz contra la mosquitera de malla, intentando verlos, pero habían desaparecido bajo el toldo del porche y lo único que veía eran los coches aparcados frente a la casa. Tan quieta. Me quedé tan quieta durante unos segundos. Y entonces volvieron trastabillando, la mano de mi padre en el cuello de mi madre, arrastrándola.

De nuevo escuché los gruñidos de cerdo, los chillidos, los gritos. Él levantó la mirada. No sé si estaba buscando a Dios o las estrellas, pero se encontró conmigo. Y te juro, te lo juro, que él no estaba allí. Era un monstruo. El rostro de mi padre estaba retorcido, su piel gris y apagada a la luz de la lámpara. Pero sus ojos, sus ojos estaban ardiendo.

Me di la vuelta para salir de la habitación y correr escaleras abajo. Creo que fui volando. Es la única explicación para lo rápido que llegué a la puerta. Y entonces me lancé sobre él, sobre su mano gigante, tirando, haciendo palanca. Él la soltó, incluso con el monstruo dentro de él, como si le hubiera disparado con una pistola Taser para inmovilizarlo con una descarga de electricidad, el roce de mi piel deshaciendo su apretón. Mi madre cayó al suelo, ahora emitiendo ruidos animales también. Y vomitó un poco mientras intentaba recuperar el aliento.

A mi padre se le doblaron las piernas y lloró como lo hacía Wren cuando acababa de nacer. Peor que eso, porque algo dentro de él se había desbaratado y yo lo supe en ese instante. La policía, la ambulancia, todos llegaron. Incluso un par de bomberos voluntarios. La noticia no había tardado en correr. Después de todo, vivíamos a pocas manzanas del cuartel de bomberos.

Mi madre intentó evitar que se lo llevasen, aunque su cuello empezaba a ponerse de todos los colores. No iba a presentar cargos. Él lloró durante mucho rato bajo las luces intermitentes mientras Irv y Linda, los policías, intentaban entender qué había pasado. En algún momento empezó a reírse como una hiena y lo metieron en el coche, creo que porque esa risa era un sonido muy desagradable y nadie parecía capaz de hacerlo parar.

—No se lo lleven, es mi marido —repetía mi madre, pero ellos le explicaron que tenían que hacerlo, al menos por esa noche.

Terminó en vigilancia de conducta suicida en una institución... perdón, en una *clínica de salud mental*, y esa fue la última vez que lo vi, retorciéndose y gruñendo en un coche patrulla.

Créeme si te digo que todo el mundo salió de sus casas cuando se lo llevaron. Era como una maldita asamblea del pueblo. Andrew en el porche con su batín de seda. Incluso el fumador, que vivía dos casas más abajo. En medio de la noche, casi de madrugada, fumando, fumando.

Nadie decía nada sobre lo que había pasado. A la cara no. Solo arrastraban los pies un poco más de lo habitual. «Lo siento» me habría gustado decir. «Siento mucho haber ensuciado vuestra zona residencial».

Llegó la mañana mientras todo se venía abajo. Mientras los policías se iban y se llevaban a mi padre, Linda y mi madre hablaban en el estrecho callejón, pero tan bajito que no podía entender lo que decían. Los pájaros piaban de felicidad.

Mi madre me tomó de la mano, limitándose a lanzar una mirada de pasada a los vecinos mientras entrábamos en casa. Me llevó al piso de arriba, a la habitación de Wrenny.

Wren seguía dormida, por supuesto, y aún seguiría así un par de horas por lo menos, sus asombrosos poderes para dormir a pierna suelta pase lo que pase a pleno rendimiento. Nos tumbamos una a cada lado de Wren, acomodándonos en el colchón, apretándonos contra ella en la habitación que había sido una vez el cuarto de invitados de la tía Jan. Nos miramos por encima de su cabeza. Wren era un ancla entre nosotras y nos agarramos a ella con todas nuestras fuerzas.

—Mamá.

—Lu.

—¿No tienes que ir al hospital? —intentaba que mi voz sonara firme—. ¿Para lo del cuello?

—No, cariño. Ahora vamos a dormir. En un par de horas tengo que ir a ver a tu padre —colocó un mechón de pelo de Wren por detrás de su oreja y secó el sudor del sueño de su frente—. Vamos a descansar los ojos. Tendremos muchas cosas que hacer cuando volvamos a despertarnos.

—Muy bien.

Quería hacerle tantas preguntas sobre lo que estaba por llegar, sobre lo que había pasado. ¿Mi padre estaba borracho? ¿Drogado? ¿De verdad iba a dejar que volviera a casa después de lo que le había hecho, después de lo que había dicho de nosotras? Ya intuía que habría un antes y un después y que la brecha había ocurrido cuando puso las manos en el cuello de mi madre, o tal vez cuando dijo que no la quería. Uno no se puede recuperar de algo así, ¿no? Algunas cosas no pueden desdecirse, deshacerse.

—¿Papá se va a poner bien? —me atreví a preguntar en un suspiro.

—Sí, claro. Todo va a salir bien.

Mi madre me sonríe, con unas arruguitas tensas a cada lado de la boca, y pasa un brazo por encima de Wren para dejarlo a mi lado.

—Es un buen hombre, ¿sabes?

Se le notaba tan desesperada porque fuese verdad que tuve que darme la vuelta. Sabía que no estaba sonriendo porque todo fuera a salir bien. Estaba sonriendo porque no iba a ser así y ella no podía hacer nada.

Día 28 continuación

El rostro de Wrenny tiene marcas del sofá cuando le quito el libro del pecho, las mejillas sonrojadas del sueño. Me echa un brazo por la cintura y vamos contando las escaleras. No abre los ojos. No tiene que hacerlo. Esta es su casa y sus pies conocen el camino. Nunca ha vivido en ningún otro sitio.

—Uno —empiezo.

—Dos —Wren bosteza.

Así hasta trece. Mi hermana va hacia la izquierda.

—¿Dónde vas, Wrenny?

—A la habitación de mamá.

—Creo que esta noche deberías dormir en tu habitación.

O sea, en algún momento esto tiene que cambiar, ¿no?

Ella me mira como si me hubiera dejado el cerebro al final de la escalera.

—No me gusta mi habitación.

—¿Te has cepillado los dientes?

—Sí —responde, mirándome de arriba abajo—. Antes de quedarme dormida en el sofá.

—Muy bien —asiento, como si esa fuera razón suficiente para ir otra vez al dormitorio de mi madre y no porque no tengo fuerzas para discutir.

—Pareces una estrella del rock —me dice, sonriendo.

«Más bien una fulana», pienso.

—Gracias.

Wren pasa una mano por mi brazo.

—Pegajoso.

Yo hago lo mismo en su mejilla.

—Tú también.

—Y hueles a burrito.

—Tú sigue con los halagos, lista.

—Es que es verdad. Y también a tacos.

Va directamente a la cama de mi madre, con las sábanas arrugadas de esta mañana. Con las prisas no he tenido tiempo de hacer la cama. Se mete y me mira mientras me desnudo y busco una toalla. No voy a acostarme sin darme una ducha. Cuando me quito los pantaloncitos cortos y el top suena como si estuviera arrancando una tira de velcro. Me envuelvo en la toalla, luego la abro para refrescarme.

—¿Qué haces? —me pregunta Wren—. Estás desnuda.

—No sé qué estoy haciendo —me cubro—. Pero es una buena pregunta —digo mientras me dirijo al baño.

—¿Te vas?

Me detengo en la puerta. Hay algo en su tono…

—Solo voy a ducharme. No quiero meterme en la cama oliendo a comida mexicana.

—¿Puedo ir contigo?

—¿Al baño?

—No sé. No quiero estar sola.

Pero yo sí.

—Me sentaré en el inodoro —sugiere.

—No, Wren, quédate aquí.

El reloj marca las once y media. Mañana por la mañana va a estar hecha polvo.

—Podría meterme contigo.

—¿En la ducha?

Ella asiente.

—Quédate aquí. Duerme.

Sus ojos se empañan. Aprieta los labios.

—Bueno, venga, puedes esperarme allí.

Bajo al primer piso y pongo el lavavajillas. Luego me doy la ducha más corta de la historia, el tiempo suficiente para enjabonarme por todas partes y aclararme. Mientras el agua caliente gotea sobre mi cuerpo y sueño con la presión del agua de un hotel que recuerdo de cuando íbamos de gira con mi padre, apoyo la cara en la pared de azulejos. Me gustaría atravesarla, desaparecer en ella, desintegrarme y no volver nunca. Mis hombros tiemblan, mi rostro se tensa, pero no lloro. Solo presiono más fuerte hasta que me duele la nariz y pienso que podría rompérmela sin querer.

Cuando giro la cabeza veo a Wren dormida en medio de una nube de vapor, los ojos cerrados, la cabeza apoyada en el lavabo, la boca abierta.

Estamos juntas en la cama. Yo me acurruco a su alrededor, ella apoya la cabeza en mi brazo y la aprieto muy fuerte.

Ya no sé quién de las dos tiene más miedo a estar sola.

Tardo unas dos semanas en acostumbrarme a la rutina. Levantarme a las cinco, estudiar, arreglarme y tener lista a Wren para ir a clase. Ella se baña mientras yo estudio a su lado, intentando que no se moje el cuaderno. La llevo al colegio con tiempo, la dejo allí y me voy al instituto. Me enfrento al día como puedo, voy a buscar a Wren al colegio, corro a casa, limpio tanto como me es posible en la media hora que tengo, luego corro al trabajo cuatro días a la semana. Tengo que ganar todo el dinero que pueda.

Me he gastado cien dólares en tres pares de pantaloncitos cortos, todos negros, y unos tops a juego. Shane me ha regalado un par de zapatos suyos para no tener que prestármelos y ya no me duelen tanto los pies. Trabajo desde las cuatro hasta la once más o menos, luego me llevo un montón de dinero a casa. Coloco las facturas por orden de importancia, envío transferencias desde diferentes bancos y pago como puedo. He pagado la luz, el gas y el teléfono por ahora. Mejor tarde que nunca, ¿no? De todas formas, en cuanto termine de pagar una tanda, llegarán más. Claro que sí. Llegarán.

Es una rutina ahora. Cuatro noches a la semana, Eden me lleva al trabajo en mi coche, y luego, cuando termina mi turno, Digby va a buscarme y lleva a su hermana a casa. Eden hace los deberes con Wren para que yo no tenga que preocuparme, y cuando llego a casa Wren se sienta en el inodoro mientras yo me lavo y hablo con ella a través de la cortina de la ducha. Luego nos metemos juntas en la cama y nos acurrucamos hasta que nos quedamos dormidas.

No pienso en mi madre salvo a veces, por las mañanas, cuando el teléfono empieza a pitar y vibrar para que me despierte. Veo sus brillantes ojos azules, pero apagados como eran justo antes de marcharse. Las barricadas que he levantado contra ellos están entonces en su momento más débil, así que me tomo un segundo. Respiro. Miro esos ojos y luego los achico. Una vez porque nos ha dejado, dos veces porque no ha vuelto, tres veces achico sus ojos hasta que se vuelven tan pequeños que son insignificantes puntitos azules, y entonces soplo y los hago desaparecer.

Día 49

Eden está esperando en el porche cuando vuelvo a casa del trabajo el jueves por la noche. Me muevo, nerviosa, en el interior de la camioneta de Digby mientras me envuelvo en la chaqueta. Le he dicho que no haga eso. Los vecinos podrían verla. Está fumando, pero no se levanta cuando nos ve llegar, se limita a dar otra calada.

Dibgy comenta:

—Ya sabes que seré yo quien tenga que llenar el tanque de oxígeno cuando tenga enfisema.

—Sí, o yo.

—Podríamos hacer turnos.

—Te importan las cosas —lo empujo con el hombro.

—Ya, bueno —estudia el volante—. Siempre cuidaré de mis cosas, siempre. Eden es asunto mío.

—Pues voy a ver por qué tu asunto no se mueve.

Bajo de la camioneta, como siempre con esa sensación de que falta algo, como si mi habitual gesto de despedida con la mano no fuera suficiente. Claro, porque quiero apretar mis labios contra los suyos, inhalarlo, llevármelo conmigo. No quiero decirle adiós. Nunca. Ningún gesto de despedida logrará satisfacer eso.

—Gracias.

—Deja de decir eso.

—¿Gracias?

—O, más bien, dilo diez veces ahora mismo y luego no vuelvas a decirlo.

Río como una boba mientras cierro la puerta.

—Me debes diez —lo dice tan serio que casi lo hago allí mismo, frente a la ventanilla, pero entonces lo veo esbozar una sonrisa y me alejo.

—Parlanchina —me suelta Eden.

Me doy cuenta de que me duelen las mejillas de tanto sonreír y tengo que hacer un esfuerzo para relajar la cara. ¡Jo! ¿Qué me pasa?

—Al principio, esa fijación me parecía graciosa, pero tal vez te vendría bien poner los pies en la tierra —me dice Eden sin preámbulos—. Tiene novia.

Digby tiene la ventanilla abierta y quiero hacerla callar, pero es evidente que no está de humor. No digo nada, pero si pudiera me taparía la cara con la capucha de la sudadera.

—¿Qué te pasa?

Ella aplasta el cigarrillo y aparta el humo con la mano.

—¿Las buenas noticias o las malas primero?

—Las malas.

Mi estómago es una piedra. ¿Qué pasa ahora?

Empiezo a arrancar malas hierbas de nuestro pedacito de verde para distraerme.

—No puedo seguir haciendo esto —anuncia Eden—. Cuidar de Wren.

Casi tengo suficiente dinero para pagar la factura del Canal Satélite para que Wrenny pueda seguir viendo sus programas de cocina. Intento imaginar su vida sin ellos y no puedo.

—Me estoy quedando atrás en ballet.

Pues claro que sí. Ni siquiera había pensado en ello. Me dijo que solo podía hacerlo dos noches a la semana. Se me había ido de la cabeza.

—Quiero ayudarte, pero no puedo ir a suficientes clases. Quiero seguir con el plan que trazamos en el río, pero no puedo hacer eso y seguir haciendo lo que quiero con mi vida —le da una patada a la silla en la que está sentada—. No quiero decepcionarte, Lucille —su labio inferior empieza a temblar. No es buena señal—. Y lo único que puedo pensar es que si yo estoy cansada, tú debes de estar… Y Wren es genial. No quiero decir que no sea…

Tiro las malas hierbas, me acerco a los escalones del porche y me siento a su lado.

—No pasa nada. Tendré que encontrar otra solución. No me queda más remedio.

Lo entiendo. Madame Renee es aterradora. Las pocas veces que la he visto me he preguntado cómo puede hacerse un moño tan estirado que las cejas le llegan hasta el nacimiento del pelo. Yo tampoco me atrevería a hacerla enfadar. Y, para ser sincera, no había pensado que las clases de Eden pudieran sufrir consecuencias por mi culpa. Ese es el problema de dejar que la gente te ayude. Siempre le cuesta algo a alguien.

No dejo de buscar posibilidades, pero no se me ocurre nada. No tengo a nadie más. No había esperado que Eden me dejase plantada y no veo otra solución. Solo me veo con Wren cubiertas con deshilachadas y descoloridas mantas de lana pidiendo limosna en la calle. Tenemos la cara y las uñas sucias y temblamos de frío. Porque en esta fantasía estamos en el siglo diecisiete y yo tengo acento británico.

Digby toca el claxon.

Eden se lo toma a mal.

—¡Espérate un poco, pesado! —le grita.

Es tarde para tanto ruido y desde aquí puedo ver un puntito rojo en la casa del fumador.

Eden baja la voz.

—Mi madre va a recibir una llamada de Madame Renee cualquier día de estos. No sé por qué… no sé por qué había pensado que esto iba a funcionar. Quería ser tu héroe. Pensé que tu madre volvería —me pone los brazos sobre los hombros y nos miramos a los ojos—. ¿Qué clase de persona no vuelve?

—No lo sé. Para empezar ¿qué clase de persona se marcha?

Eden me tira de la punta del pelo.

—Hay tantas maneras de irse.

«Marcharse es fácil», pienso. «Más fácil que quedarse».

—Lu, creo que deberías contarlo. Esto se está poniendo serio. Es hora de que se lo cuentes a alguien.

—No puede —interviene Digby, que había bajado del coche—. Así que si habéis terminado, ¿podemos pensar con lógica por un momento?

Eden baja las manos, yo me aparto un poco.

—A lo mejor no pasaría nada por llamar a Asuntos Sociales —sugiere ella.

—Debe de ser agradable vivir en la tierra de la fantasía —se burla Digby—. Las hadas y los duendes molan.

—Cállate —lo regaña Eden.

—No, de verdad, cuando tú y el último unicornio aterricéis otra vez en la Tierra, avísame.

—La gente es buena —insiste ella— a veces.

—No —replica Digby—. La gente tiene buenas intenciones, que son dos cosas muy diferentes. Alguien va a venir aquí, ¿y sabes lo que van a encontrar? A dos chicas abandonadas y a un padre que se largó. No te ofendas, Lucille. A una chica que trabaja medio en cueros… para pagar las facturas y la casa cayéndose a pedazos.

Me mira.

—No me siento ofendida.

—Ningún trabajador social va a dejar las cosas como están —se apoya en la barandilla del porche, tan cerca de mí—. Así que no puede contárselo a nadie.

—¿Aunque cumpla los dieciocho en julio? —pregunta Eden.

Digby hace una mueca.

Ella se vuelve hacia mí.

—Lu, ¿has pensado en ponerte en contacto con tu padre?

No sé cómo decir que no sé dónde está, que no podría ponerme en contacto con él aunque quisiera hacerlo.

—Lo haré yo —se ofrece Digby, después de mirarme durante un minuto—. La temporada de baloncesto aún no ha empezado. Yo puedo cuidar de Wren durante un tiempo.

Yo estoy a punto de caerme.

—Pero tu madre...

—Yo salgo con Elaine casi todas las noches de todas formas —intento que eso no me duela—. Y ella tiene un debate importante pronto, así que está ocupada estudiando. Se lo diré. Ella me cubrirá y mi madre no se dará cuenta. Todo irá bien.

—Oh, qué cielo eres —Eden esboza una sonrisa burlona.

—¿Qué quieres? —Digby se quita la gorra, vuelve a ponérsela—. ¿Que me quede de brazos cruzados mientras Lucille y Wren se quedan en la calle? ¿Crees que alguien va a ayudarlas? Podrían separarlas o enviarlas a un centro de acogida. Yo puedo ayudarlas, así que deja que lo haga y no me hagas pasar un mal rato.

—Muy bien —Eden asiente—. Es un poco más de tiempo, Lu, pero solo es un parche. Tendrás que encontrar otra solución, algo permanente, si de verdad tu madre no va a volver.

Siento escalofríos en las piernas desnudas.

—Y eso me lleva a la buena noticia —dice Eden entonces, levantándose para abrir la puerta.

—Qué detalle —se burla Digby.

—Venid a la cocina.

Pasamos en fila por delante de Wren, que duerme. Digby se agacha un poco cuando pasamos bajo el quicio de la puerta. Todos los armarios están abiertos. Y llenos. Hay de todo: todo tipo de arroces, sopas, verduras en conserva, cuscús, cebada, cajas y cajas de pasta. Paquetes de cereales colocados ordenadamente en la estantería de arriba. Granola, avena, la lista es interminable.

—Madre mía. Gracias.

—¿Qué? —exclaman los dos al unísono, algo muy de mellizos.

—Es cosa vuestra, ¿no?

—¡No! —otra vez al unísono.

—¿Entonces quién?

—Tú acéptalo, Lu —dice Eden—. A caballo regalado no se le mira el diente. ¿Verdad, Digby?

—¿Esta es la buena noticia? —pregunta Digby—. Eden, piensa un momento. Piensa en lo que esto significa.

—Significa que los armarios están llenos de comida. Y... ¡tachán! Eso no es todo —Eden abre la puerta de la nevera—. Mirad.

La nevera también está llena. En serio, superllena. Y el congelador también: verduras, fruta, yogur para muchos días y semanas, crema agria, queso, tortillas, helado, *nuggets* de pollo, carne, pescado, huevos, zumos, incluso agua con gas. Nunca en toda mi vida había visto nada parecido.

—Es genial, ¿no? —exclama Eden.

—¿Pero es que no os dais cuenta? —insiste Digby—. Esto significa que alguien lo sabe. Alguien que no quiere que tú sepas que lo sabe. Es muy raro.

—No seas tan cínico —replica ella—. Lu necesita esto, es como si tuviera un hada madrina.

—¿Estaba así cuando volviste después de dejarme en Fred's? —le pregunto.

—Sí.

—Eso significa que alguien lo ha hecho a plena luz del día —afirma Digby—. Eso significa que saben el tiempo que estás fuera, que Wren está contigo y tienen que darse prisa. Significa que alguien ha estado vigilándote. Y muy de cerca.

—Bueno —Eden ya no parece tan jubilosa.

—Sí, es preocupante —repite Digby.

—Tengo que empezar a cerrar la puerta con llave —digo en voz baja. Nadie en este pueblo cierra con llave.

Digby se apoya en la encimera. Siempre está apoyándose en algún sitio.

—Yo diría que no es exactamente un acto hostil. Es generosidad kamikaze, eso seguro.

Yo estoy a punto de explotar. Quiero que se vayan. Necesito pensar y no puedo hacerlo mientras estoy aquí mirando toda esta comida. Y menos con estos dos palillos pelirrojos rondándome.

—Al menos no tendrás que preocuparte de comprar comida durante un tiempo —sugiere Eden—. Aunque aquí hay muchos carbohidratos —se sienta de un salto sobre la encimera—. Bueno, pero hay otra noticia no tan buena.

—¿Ah, sí? ¿Se ha caído alguna pared?

—No. Wren volvió a casa con una nota del colegio. La señora LaRouche quiere hablar con tu madre.

Todo en mí se contrae.

—La señora LaRouche era la mejor —comenta Digby—. ¿Recuerdas cómo solía hacernos callar?

—Bum bum bee dum bum —canta Eden.

—Bum bum —respondo, inexpresiva.

—No creo que sea tan importante —sugiere Eden—. Solo es...

—Va a ser difícil sacarse de la manga un progenitor desaparecido.

—Eso es.

Me tapo la cara. Cuento hasta tres, me la destapo. No, sigue aquí, sigue siendo esta tierra, esta vida.

Eden frunce el ceño.

—Lu.

—¿Qué?

—Te sangra la nariz —Digby toma un trozo de papel de cocina de uno de los rollos que han aparecido como por arte de magia sobre la encimera. Y de los caros.

—También hay pañuelos de papel —Eden señala en dirección al salón—. Y pasta de dientes, colutorio, bastoncillos para los oídos...

—¡Para!

No puedo. No puedo respirar y no es por la sangre que está goteando sobre mis labios. Todo está ocurriendo tan deprisa y no puedo entenderlo, nada de esto, y quiero reír como oí reír a mi padre. La risa está burbujeando justo bajo la superficie y si me dejo ir no pararé nunca. Cuando Digby pone el papel contra mi nariz lo agarro y aparto su mano de un manotazo. Mi pecho sube y baja, adentro y afuera.

Eden nos mira.

—Tía.

Busco el sofá del salón mientras me sujeto la nariz y ellos son como sombras que me persiguen. Quiero que se vayan, necesito que se vayan para poder pensar. Tengo números, tantos números, haciendo danzas irlandesas en mi cabeza. Y mi madre, sus ojos tan grandes, tan azules y tan vacíos están sobre mí por todas partes. Y mi pantaloncito corto, los zapatos de tacón y el maquillaje, y mi padre a saber dónde, y una mejor amiga que parece asustada de verdad y todos los demás con sus perfectas y sencillas vidas, y yo fallando a Wren todo el tiempo y algún buen samaritano que sabe lo que hay. Y un amor, un amor que está delante de mí, ofreciéndome su ayuda, pero que no está a mi alcance y estoy tan sola y necesito que se vayan.

—Se te pasará —Digby intenta tomar mi mano, pero yo la aparto—. Todo se va a arreglar.

—Marchaos a casa —mi tono es seco. Nunca me había oído a mí misma hablando así.

Y, al parecer, los mellizos tampoco, porque los dos me miran como si les hubiera dado una bofetada.

Me limpio la sangre de la nariz, deseando que deje de sangrar. Voy al baño para echarme agua en la cara y lavarme las manos e intentar limpiarme las uñas sucias de sangre. Seguro que el agua ha hecho que se me corra el rímel, pero ahora mismo estoy demasiado cabreada como para que eso me importe y no quiero mirarme al espejo porque no sé a quién voy a encontrar mirándome y acabaré rompiéndolo. Por si acaso los siete años de mala suerte fueran una cosa real, no pienso arriesgarme. No estoy tan loca.

Bienvenido a mi vida.

La peor broma de la historia.

Ellos están mirándome como si no supieran qué hacer. Me acerco a Wrenny en el sofá y me inclino para levantarla.

—¿Hora de la ducha? —pregunta, adormilada.

—Sí —respondo en voz baja para que no note el dolor—. Hora de la ducha.

Empiezo a subir las escaleras. Nos quedan doce escalones. No miro hacia atrás, pero oigo que la puerta se cierra, el rugido de *La Bestia*. Estoy enfadada porque se han ido, pero los habría triturado si se hubieran quedado.

Una vez arriba, con Wren apoyada en la pared del baño, vuelvo al primer piso, bajo las persianas de las ventanas que dan a la calle, apago las luces y cierro la puerta con llave.

Día 50

Voy a la biblioteca pública para enviarle un correo electrónico a la señora LaRouche desde la cuenta de mi madre, ya que una de las cosas que se llevó fue el portátil de mi padre. La bibliotecaria, que no levanta los ojos del libro que está leyendo, se limita a darme la hoja de registro y me saluda con una mano de uñas muy largas.

—¿Buen libro? —pregunto.

—Sí —responde, señalando con un gesto la sala de ordenadores—. Es un buen libro.

Tecleo la contraseña de mi madre. *Tonylaura3110*. Seguramente no es la mejor contraseña del mundo, pero mis padres se conocieron durante un bolo de mi padre en *Halloween*, y mi madre, por estas cosas de la vida, terminó teniendo a Wren en esa misma fecha no sé cuántos años después. 3110. Si conoces esa simple serie de hechos, puedes descubrir muchos asuntos privados de los Bennett. Bueno, eso si además supieras el número de la cuenta bancaria, quiero decir.

Hay 551 mensajes nuevos en el buzón. No hay señales de que mi madre haya entrado en su cuenta de correo desde que se marchó. Algunos de los mensajes parecen importantes, así que examino los asuntos un momento. No, en general son tonterías sin importancia. Unas rebajas en *Gap*, ofertas especiales para viajes a las Bahamas.

Me pongo a ello. Haciéndome pasar por mi madre, le explico a la señora LaRouche que trabajo durante el día y que voy a enviar a Lucille para hablar sobre Wren después del colegio, de modo que puede transmitirle a ella la información que tenga que darme.

Espero.

Leo algunas noticias en internet, pero teniendo en cuenta la cantidad de deberes que tengo pendiente y que una mujer muy guapa cargada de bolsas está esperando para usar mi ordenador, me siento un poco culpable. Da igual. Aún tengo treinta minutos. En ese tiempo abro una página de noticias de entretenimiento y descubro que el *prota* de la próxima película de zombis/hombres lobo/gore se acostó con una chica durante el rodaje, mientras su mujer embarazada estaba en casa y ha decidido confesarle al mundo entero cuánto lo siente. No hace mucho yo podría haberte contado todas las noticias sobre los famosos. Ahora no me entero de nada. Últimamente todo me parece una cháchara superflua, pero debo reconocer que en este momento resulta muy agradable.

Cuando mi hora está a punto de terminar y casi tengo que cederle el ordenador a la señora de las bolsas, entra un nuevo correo.

La señora LaRouche no tiene ningún problema en

hablar con Lucille. Será estupendo volver a verla después de tanto tiempo, dice. ¿Qué tal esta misma tarde?

Me gustaría llamar a Eden y contárselo, preguntarle qué debo hacer, cómo debo manejar esto, pero sé que no puedo hacerlo. Anoche, cuando le pedí que se fuera de mi casa, ocurrió algo malo, aunque no sé muy bien qué.

El aula tiene casi el mismo aspecto que tenía cuando yo estaba en cuarto. Los pósteres de las paredes han cambiado, pero sigue oliendo a zumo de manzana e inminente pubertad. Wren está esperándome en el patio con Shane y Melanie, y puedo oír a los demás niños gritando ahí fuera.

La señora LaRouche resulta graciosa tras su escritorio, con las gafas abrazando la punta de su nariz, tan abajo que no entiendo cómo no se caen. Su imperceptible barbilla se ha vuelto aún más imperceptible y lleva una melenita de paje que pasó de moda hace como treinta años.

—Ah, Lucille Bennett —sale de detrás del escritorio y me da un abrazo huesudo—. Ha pasado mucho tiempo, ¿verdad?

La señora LaRouche nació en Georgia y aún conserva el acento. Sus dientes son más amarillos de lo que recordaba. Parece que hacerse mayor es un asco.

—Siéntate, por favor.

Lo hago.

—Supongo que para mí siempre tendrás nueve años —me mira de arriba abajo, una mirada que solo es aceptable porque una vez fue mi profesora—. Te estás convirtiendo en una mujer guapísima —me llama «mujer». Qué asco—. ¿Cómo estás, cariño?

—Estoy bien —respondo—. En el último año del instituto.

—¿En el último año? —sacude la cabeza, pero su pelo no se mueve—. ¿Dónde se ha ido el tiempo? ¿Tienes grandes planes para la universidad?

No tengo planes para la universidad.

—Estoy pensando tomarme un año sabático.

Hay una pausa definitivamente incómoda, como si estuviera esperando que me explicase, pero no tengo intención de hacerlo.

—Bueno, ¿le pasa algo a Wren?

No quiero parecer grosera, pero estar en esta aula me da escalofríos.

—Sí, claro —la señora LaRouche vuelve a mirar los papeles que tiene en la mano—. Siento mucho que tu madre no haya podido venir. Yo creo que esto es importante.

Estoy dispuesta a mantener el control diga lo que diga. Soy fuerte.

—Le cambian el horario todo el tiempo. Es un jaleo. No sé qué de unas normas profesionales para enfermeras.

La mentira de la enfermera crece y crece.

—Muy bien, ella dijo que no le importaba que hablase contigo, así que vamos a hablar.

—Claro.

—Déjame empezar diciendo que tu hermana es una niña extraordinaria.

—Lo sé.

—Está mucho más adelantada que sus compañeros en diversas áreas. Ciencias, por ejemplo, o matemáticas.

—Ah.

—Además, posee excelentes habilidades verbales. ¿Sabías que está leyendo como los del último curso?

Yo debería empezar a leerle en voz alta en mis noches libres. Debería hacer muchas cosas.

—Francamente —prosigue la señora LaRouche— si dependiese de mí, la adelantaría un curso. No parece asustada por el trabajo y sencillamente hace sus deberes sin el menor problema.

—Pero esa es una buena noticia, ¿no?

—En fin... —la señora LaRouche se quita las gafas y las deja caer sobre su pecho para mirarme directamente a los ojos—. Sí, todo eso es bueno, pero tengo algunas preocupaciones.

—¿Cuáles?

—Wren parece muy nerviosa, sobre todo últimamente —responde mirando un papel. Y empieza a dolerme el estómago—. Ha pedido sentarse lejos de otros niños. Dice que el ruido le molesta —señala un pupitre en una esquina—. Ahí es donde le gusta sentarse. Siempre es cordial, pero está aislándose. Me preocupa que Wren se encierre en su propio mundo al no relacionarse con otros alumnos y me gustaría ofrecerle los servicios de orientación psicológica del colegio, si a tu madre le parece bien.

—¿Para qué exactamente? —Inspiro. Exhalo—. ¿De qué serviría eso?

—En los últimos meses Wren ha experimentado muchos cambios —dice suavemente, suspirando—. La verdad es que hubiera preferido hablar con tu madre sobre todo esto. Debe de ser muy difícil para las tres.

—Estamos bien —respondo. Y luego pienso en lo que un adulto querría escuchar—. Estamos en un periodo de adaptación.

—Sí, bueno, me gustaría enseñarte algo.

Me ofrece un papel escrito con la letra de Wren, con su rotulador rosa, la letra ondulada, los corazones sobre las íes.

—¿Quiere que lo lea?

—Por favor. Y tómate tu tiempo.

Dice:

Mi héroe

Mi héroe es la Condesa Descalza. La Condesa hornea y es redonda. La Condesa siempre tiene gente en su casa para cenar y nosotras nunca tenemos gente, salvo cuando vienen Eden y Digby. La Condesa vive en una casa muy bonita y nuestra casa no es bonita. Ella tiene la voz suave y seguro que sus abrazos son como pasteles. Seguro que ella me diría que soy guapa, aunque no lo sea, y que nunca, jamás me dejaría.

Dejo el papel sobre el escritorio. La señora LaRouche se sienta frente a mí.

—¿Habláis en casa de lo que pasó este verano?

Niego con la cabeza.

—Yo creo que los acontecimientos han afectado a Wren mucho más de lo que ella está dispuesta a admitir y me preocupa que empiece a obsesionarse si el asunto no se trata abiertamente en casa. Necesita un sitio en el que poder expresarse sin miedo a las consecuencias.

Asiento con la cabeza.

—En este momento, yo recomendaría algún tipo de terapia familiar. Hay mucha gente estupenda especializada en la ciudad —me ofrece otro papel con unos nombres—. Pero si no queréis utilizar esa vía, podría ser bueno que Wren sepa que tiene un sitio seguro en el que hablar de sus sentimientos. A menudo, un niño dotado como Wren puede inconscientemente asumir la culpa y la tristeza de una situación como esta —pone su cálida mano sobre la mía—. Y puede sufrir algún tipo de depresión, claro.

—Pero parece contenta.

—Eventual consumo de drogas, violencia, desórdenes alimenticios...

—¡Muy bien! —me sale con más fuerza de la que pretendía—. Muy bien —repito en tono más suave—. Le diré a mi madre que firme estos documentos para que Wren pueda hablar con alguien. Nosotras nos encargaremos de ello.

Quiero irme de aquí. Quiero correr al patio y abrazar a Wren porque lo ve todo, está viendo demasiado y yo no puedo evitar que lo haga, ni impedirlo, ni ayudarla. Quiero ponerlo todo en pausa para Wren, hacer un conjuro para que quede inconsciente como la Bella Durmiente y despertarla con un beso en la mejilla cuando lo haya arreglado todo.

—Parece llevarse bastante bien con Melanie Saint James. ¿La conoces?

—Sí, hemos jugado en el parque en un par de ocasiones.

—Bueno, tu madre podría animar a Wren a explorar esa amistad. Podría servir de ayuda, nunca se sabe.

Asiento de nuevo.

—¿Y tú, cariño? —aprieta mi mano y me doy cuenta de que ha estado sujetándola durante mucho rato.

Me empiezan a temblar los labios. Espero que no me pregunte cómo estoy.

—Sí, debe de ser duro para todas vosotras, especialmente con tu madre trabajando tantas horas, teniendo que hacerlo todo sola.

¡Ja, ja!

—Me alegra saber que Wren no fue testigo —dice entonces—. Pero tú sí, ¿verdad? ¿Tú viste lo que le hizo?

Mi estúpido y débil yo interior se ha encogido hasta quedar reducido a nada y ha saltado de este escritorio diminuto para abrazar a la señora LaRouche como si fuera lo único bueno de este mundo. Aparto la mano. No voy a llorar delante de esta mujer.

Hago ademán de despedirme. Sonrío como puedo.

—Cuidaremos de Wren, señora LaRouche. Le aseguro que no va a darle ningún problema.

—No me da ningún problema, cariño —responde con su tonito cantarín—. Es que está pasando un mal momento. Nos pasa a todos alguna vez en la vida —También ella se levanta, pone una mano sobre su vestido, con un anticuado estampado africano—. Solo quiero que le vaya bien, que prospere. Quiero eso para las dos.

—Gracias —replico. Y lo digo en serio de verdad. También yo quiero que nos vaya bien.

—Siento que estés triste, cariño —la oigo decir cuando estoy a punto de salir—. De verdad es una pena. Eras una niña tan alegre…

Después de eso, necesito un tiempo para pensar y Shane sugiere llevar a Melanie y a Wren a tomar un helado: ya que es viernes y no tiene que trabajar. Ninguna de las dos trabaja hoy.

Hace mucho tiempo que no monto en bicicleta. Me dirijo al camino del canal y pedaleo tan fuerte como puedo, hasta que todos mis músculos arden y mis pulmones no pueden más. Es terreno llano y paso al lado de varios corredores, pero pronto los he adelantado a todos, he pasado las rocas, el pueblo, y pedaleo camino arriba, sudando mucho, viendo cómo el verde pasa zumbando.

Pensando. Si logro falsificar la firma de mi madre en esos documentos, a Wren le harán todo tipo de preguntas y alguien podría descubrir lo que pasa. Sería otro riesgo. Si no, la señora LaRouche empezará a sospechar que de verdad podríamos estar en peligro. No veo ninguna solución.

Salto de la bicicleta y la aparco al lado de un árbol. Me aventuro un poco por el bosque y busco un sitio para tumbarme. Solo llevo aquí un minuto cuando una cosa enorme que vuela en círculos se lanza y rompe una rama del árbol directamente sobre mi cabeza. Provoca un estruendo, como un disparo que rompe el aire. Todo ocurre tan rápido que casi no me doy cuenta de que es un águila calva, una cosa prehistórica y violenta. Y gigante.

Mientras la observo alejarse volando me pregunto qué significa. Si existen los presagios, como dice Eden, ¿qué podría significar? Y entonces la soledad, brutal e implacable, blande puños perversos y clavo las uñas en la tierra. Estoy tan sola que la gente en China debe de sentir el efecto a través del suelo. Me tumbo y miro el sitio donde antes estaba la rama, rota y beis en su brazo roto.

Regreso a casa tomándome todo el tiempo del mundo, y cuando llego firmo los papeles.

Día 53

Voy por la tercera taza de café mientras atravieso las puertas del instituto el lunes por la mañana y solo me ha servido para crisparme los nervios. Uf, Literatura. Uf, pensar. Uf, caminar. Y, ay, por favor, no tener que hablar. Me detengo frente a mi taquilla, sostengo el vaso desechable de café entre los dientes y empiezo a amontonar libros en mi mochila. Nadie me habla. Eden no está por ningún sitio. Solo veo a Shane, que me da una palmadita en el hombro cuando pasa a mi lado con sus amigas del instituto. Nuestra amistad no pega mucho, pero me alegra saber que está aquí. De todas formas, no tengo nada que decir. Tengo la mente en blanco. No estoy pensando en facturas, ni en Wren, ni en la colada, ni en mis mierdosos padres. Francamente, estúpida vida dura, me importa un pito.

Este estado de desorientación es lo único que puede explicar que Digby se acerque con sigilo sin que me dé cuenta, ya que últimamente siempre estoy al acecho. No lo he visto desde que prácticamente lo eché de mi casa. Y a Eden tampoco. Ella debe de estar sincronizando el tiempo, ya que su taquilla está al lado de la mía.

—Hola —me saluda Digby de esa forma suya, como si no supiera cómo hacer que las palabras salieran de su boca—. Estás aquí.

—Hola —le devuelvo el saludo—. Sí, aquí estoy.

Se queda a mi lado, pero no demasiado cerca. Los pasillos están vaciándose poco a poco, ya que la gente empieza a entrar en las aulas.

—Estaba pensando… —empieza a decir, enganchando un pulgar bajo la correa de su mochila.

—Bueno, pues ya hay uno que piensa.

—Ah —arrastra los pies un poco–. Sí, seguro.

—Bueno, ¿en qué estabas pensando?

—No —sonríe y me doy cuenta de que no sonríe muy a menudo—. Bueno, estaba pensando que si hoy no tienes exámenes o algún compromiso, a lo mejor te gustaría ir a algún sitio.

Siento muchas cosas al mismo tiempo. El deseo de salir corriendo, el deseo de lanzarme sobre él para ver si me atrapa o me deja caer. Es evidente que estoy mentalmente inestable debido al agotamiento.

—¿Cuándo fue la última vez que hiciste novillos? —me pregunta.

—El viernes.

—¿En serio? —Su rostro se tensa—. Ya, no te había visto por aquí.

—Pero antes de eso, nunca —Finjo una tos—. He estado muy enferma con fiebre y tos por el frío.

Él engancha mi camiseta entre el pulgar y el índice.

—Venga.

Entonces suena el timbre.

—¿Dónde?

—Vas a tener que confiar en mí.

—Confiar —repito.

—Puedes hacerlo.

—¿Qué?

—Confiar en mí.

—Ah.

—Así que vamos.

No me muevo.

—Ahora o nunca —me dice. Saca las llaves del bolsillo y produce un sonido estridente que despierta mis pies.

Salimos juntos por la puerta. No vemos a Shane, a Eden o (bendita sea) a Elaine ni a ninguno de mis profesores. El universo es, temporalmente, mi amigo.

Me gustaría preguntarle a Digby por Elaine, preguntarle también por qué hace esto, si es porque le doy pena con mis pantaloncitos cortos y mis tacones altos, o si esta es su manera de firmar una tregua.

No lo hago.

Sigo caminando, pensando en lo agradable que sería ir de la mano.

«Ah, tú, el de los ojos más claros y más verdes. Ah, poseedor de las pecas perfectas».

«Me vas a hacer picadillo».

Vamos a Filadelfia.

Digby tiene un plan. Anuncia que si nos damos prisa podremos ver el Salón de la Independencia y la Campana de la Libertad y, además, encontrar tiempo para comer un bocadillo de carne y queso antes de que Wrenny salga del colegio. La llama Wrenny, como yo, y durante un breve instante siento que somos cómplices.

Mientras él habla, cierro los ojos en el asiento del pasajero y dejo que el fresco viento de octubre sople en mi cara. Digby está a mi lado, llevándome a algún sitio, y aunque pienso que es muy raro que sea así como está terminando esta mañana, cuando intento pensar en cualquier otro sitio en el que me gustaría estar ahora mismo no se me ocurre ni uno solo. Inexplicablemente, me quedo dormida.

Cuando despierto, estamos en un aparcamiento y huele a aceite y basura. Digby está mirándome.

Espero no haberme quedado dormida con la boca abierta.

—Ah, menos mal. Temía que tu siesta fuera a retrasar nuestros planes.

—Podrías haberme despertado.

Digby se encoge de hombros.

—Venga, entonces. Vamos a aprender cosas. El tour empieza a las nueve y media.

Nuestra guía es viejísima. Su nombre es Mildred, o sea, piénsalo, ¿cuándo fue la última vez que conociste a alguien llamado Mildred? Nos lleva a una sala donde pregunta a la gente de dónde es. Suiza, dos familias de Alemania que no se conocen, pero empiezan a charlar y a decir «ja, ja» mientras se dan apretones de mano con vigor y seriedad. Hay un hombre solo que dice ser de Colombia y una clase de quinto de algún colegio en un barrio pobre del centro de la ciudad. Todos manifiestan su admiración. Mildred espera pacientemente y luego nos muestra un vídeo sobre la Declaración de Independencia. Digby está muy atento al vídeo mientras yo intento disimular que lo miro a él.

Quiero hacer una prueba. ¿Si rozo mi codo contra el suyo me saldrán chispas por la cara o algo?

Mildred nos guía de la sala oscura al Salón de la Independencia y damos vueltas alrededor.

—Imaginen esta sala llena de hombres exponiendo sus ideas, discutiendo. Es verano y no hay aire acondicionado. Estuvieron aquí durante semanas.

Mildred la apasionada. Mildred la sabia.

Me gusta la Campana de la Libertad, la grieta que tiene, todas las historias sobre lo que significa y representa. Digby, mi Digby, me abre la puerta, me guía entre un enjambre de gente. Es exactamente el mismo que en la cancha. Finta como un chico. Es elegante, como Eden. No tropieza con la gente como yo. Él navega. Enfoca.

—No hay mucho que ver en la Campana de la Libertad, ¿no?

Dice esto después de que hayamos estado uno al lado del otro frente a la campana durante unos cinco minutos, en silencio.

—¿Una foto? —sugiero.

Los turistas están en fila frente a la campana, la parte con la grieta, pero él se escabulle hacia el otro lado, donde no hay nadie.

—Entonces nadie lo sabría.

—¿Que es la Campana de la Libertad?

—Sí, bueno, ¿qué tiene de especial sin la grieta? Solo es una aburrida campana.

—Que no se vea la grieta no significa que no esté ahí.

—¿Sabes una cosa? —Sonrío como un payaso alelado, estoy segura—. Eso es muy profundo, Digby Jones.

—Es que yo soy muy profundo —Inclina a un lado la cabeza y el flequillo cae sobre su frente. Yo soy la Campana de la Libertad. *Clang. Crack. Clang*—. Haz la foto.

La hago. Digby tiene un aspecto bobo en ella. No refleja ni una milésima de su *mismidad*. He encontrado un defecto: no es fotogénico. Estoy encantada.

—Ahora tú —me dice.

—Uf, no.

Me niego hasta que pone las manos sobre mis hombros y soy físicamente incapaz de apartarlo.

—Mira hacia un lado —me indica. Siento que me arde la cara mientras paso una mano por mi falda. Otra cosa que he mangado del armario de mi madre—. Sonríe.

Lo hago. Estoy pensando en él, pensando que ahora tendré una fotografía que él ha tomado. Y aunque salga horrorosa, sabré que estábamos juntos cuando ocurrió. Una prueba solo para mí.

—Hay algo especial en tus pómulos —Me devuelve el móvil—. Y en la curva de tu oreja.

—¿Mi oreja?

—Es peligrosa —Digby ríe, pero no es una risa divertida.

No sé cómo reaccionar ante el comentario, así que me guardo el móvil en el bolsillo.

—Perdone, señor —se dirige a un guardia que es clavado a un actor cuyo nombre no recuerdo—. ¿Dónde podemos tomar el mejor bocadillo de carne con queso de Filadelfia?

Rollo de chicos.

—A unas seis manzanas de aquí. Os tratarán bien. Y si os apetece, podéis alquilar un coche de caballos. Es muy romántico.

—Ah, no —replica Digby—. No, gracias. No somos... esto no...

—Vale, tío —lo interrumpe el actor—. Tranquilo, no quería insinuar nada. Solo era una sugerencia. Podéis ir caminando sin problema.

Mientras recorremos las seis manzanas, Digby señala a una chica con una minifalda diminuta y comenta que lleva puesto un sello de correos. Me dice que las vistas de la ciudad están entre sus cosas favoritas, que para él la historia americana es totalmente impresionante y que le gustaría saber más, pero que no le interesan las representaciones históricas ni nada por el estilo, no es tan fan. Saca el móvil del bolsillo cuando se oye un pitido y escribe un mensaje sin dejar de caminar. Elaine, seguro.

Intento prestar atención, pero en lo único que puedo pensar es en lo incómodo que se ha sentido cuando el actor pensó que éramos novios. Recuerdo que Digby es una buena persona, una buena persona de verdad. La clase de persona que ve a una chica en apuros y quiere hacer algo amable por ella, como llevarla a dar un paseo para que olvide sus problemas. Es lo bastante listo como para pensar que el Salón de la Independencia y la Campana de la Libertad son distracciones sanas y no arriesgadas como un cine oscuro.

«¿Has registrado eso, cerebro traidor? Tiene una novia. Alguien a quien quiere. Alguien que no eres tú. ¿Puedes meterte eso en tu materia gris?»

Me alejo un poco para poner cierta distancia entre Digby y mis pensamientos.

¿Entonces por qué ha dicho que mi oreja es peligrosa?

—Esto sí que es auténtico —comenta mientras un tipo prepara nuestros bocadillos de carne y queso. El tipo en cuestión está cubierto de tatuajes, le faltan varios dientes, está cortando guindillas y cebollas y le da la vuelta en la plancha a trozos de algo que parece carne. ¿Cómo será su vida? ¿Qué le espera en su casa? ¿Cerveza? ¿Una mujer cariñosa? ¿Un marido cariñoso? ¿Una cabeza en el congelador?

—Lucille —me llama la mujer detrás del mostrador, a quien también le faltan algunos dientes.

Yo me encargo de los bocadillos y Digby lleva las coca colas. Salimos del restaurante porque es la hora del almuerzo y no hay ninguna mesa libre.

—Aquí —Digby señala unos escalones frente a un edificio de apartamentos. Nos instalamos allí—. Me gusta Filadelfia.

—¿Por eso? —señalo un edificio abandonado al otro lado de la calle.

Dos viejos están allí bebiendo cerveza, que ocultan en una bolsa de papel. Creo que pronto acabaré como ellos, probablemente.

—No —responde, antes de dar un mordisco gigante a su bocadillo. Grasa y guindillas chorrean por el papel amarillo en el que está envuelto—. Por eso.

Como si estuviera compinchado, justo en ese momento pasa por delante de nosotros un tipo a toda mecha en una moto. Sin apenas ropa, los pies en el asiento haciendo un caballito. Se salta el semáforo con una enorme sonrisa en la cara.

—Eso es de locos.

—Filadelfia.

Seguimos comiendo y me mira de soslayo.

—¿Sabes en qué estaba pensando?

—¿Qué?

Este bocadillo está buenísimo. Incluso mejor porque Digby me ha invitado y la coca cola va bajando con la cantidad perfecta de burbujas.

—En los dibujos que solías pintar cuando eras pequeña.

Me limpio un poco de jugo del bistec. Eso es lo último que había esperado escuchar.

—¿Qué pasa con mis dibujos?

—Nada, me preguntaba si seguías haciéndolo. Pintando.

Niego con la cabeza.

—Una pena. Eran buenos. En fin, recuerdo que entonces pensaba que lo eran. Tú siempre estabas manchada de pintura. Recuerdo a mi madre diciéndole a la tuya que te pusiera un peto porque estropeabas toda la ropa.

Ah, de ahí es de donde vienen los petos. Se me había olvidado por completo. ¿Y la pintura?

Es asombroso lo que uno puede olvidar, incluso sobre uno mismo. Me parece que no he vuelto a usar un pincel desde que tenía nueve años.

—¿Por qué dejaste de hacerlo?

—No estoy segura. Dejé de hacerlo. Crecí y dejó de interesarme, imagino.

Empieza a soplar la brisa y, aunque estamos en medio de la ciudad, todo se queda muy tranquilo.

—¿Estás bien? —me pregunta por fin.

—Sí, claro —dejo el bocadillo sobre mi regazo.

—Quiero decir, ¿después de lo de tu madre, tu padre, y todo?

—¡Estoy bien! —lo digo tan alto que me asusto a mí misma—. Jolín. Me gustaría que todo el mundo dejara de preguntarme eso. Si no estoy bien, te lo diré.

—Bueno, bueno —Digby arruga el papel amarillo—. Solo estaba intentando ser amable.

—Puedes comerte el resto de mi bocadillo si quieres —es mi débil intento de hacer las paces.

—No, soy hombre de un solo bocadillo, pero gracias —sacude la cabeza y el flequillo le cae sobre un ojo otra vez—. Tengo una sorpresa para ti.

Resulta que, a mediodía, hay un concierto en un café a unas manzanas del Salón de la Independencia. Desde luego, tenía un plan. Así que, al final, me lleva a un sitio oscuro. Digby Jones está resultando ser una persona muy desconcertante.

La gente bebe cerveza de pie, algunos incluso están bailando. Hoy toca *Jupiter's Green Daisy* y la banda toca tan bien que se me hace un nudo en la garganta. A mi padre le encantaría esto. Esto es estar en casa. Se me había olvidado. La música carga el peso de ser humano, te lo quita para que no tengas que pensar en absoluto, solo escuchar. La música cuenta todas las historias. Esta no es de la especialmente bailona, sino más bien lenta, y me quedo escuchando. No puedo evitar mecerme un poco y Digby está tan cerca de mí, justo detrás, que puedo sentirlo. Me gustaría apoyarme en él, pero no lo hago. Entonces sus dedos están en mi brazo otra vez, tocando ligeramente, recorriéndome despacio, y mis pulmones son enormes, más grandes que nunca. No quiero que esto termine jamás.

«Recórreme para siempre».

En mi versión perfecta de película de la vida, ahora es cuando él me sujeta, me da la vuelta y me besa. Estamos en la inescrutable oscuridad y el sonido de la batería redobla dentro de nosotros y sus labios están sobre los míos y él está respirándome, ardiente. No como los tristes besos babosos que he recibido hasta ahora. Ni como los secos de papel de lija tampoco.

La música termina y él baja la mano y todo se hunde. Le digo que vuelvo enseguida y voy al lavabo. Algo se está hundiendo debajo de mí. ¿Será la tierra? Me miro en el mugriento espejo, algo que he estado evitando durante tanto tiempo.

«Estás hecha polvo, chica», pienso al ver mi reflejo.

Una mujer con un tinte de fantasía rojo alucinante está pintándose los labios rojos a juego con el pelo. Me gustaría preguntarle si podemos intercambiar cuerpos. Me gustaría volver corriendo con Digby y enredar mis piernas en su cintura, echarme encima de él. Me gustaría preguntarle por qué me está haciendo esto. Quiero gritarle que me está jorobando, que debería dejar de tocarme si no le gusto, que voy a ahogarme en él y ya me estoy ahogando. Hago un esfuerzo para volver a mirarme en el espejo. Wren tiene razón, me parezco a nuestra madre.

El viaje de vuelta a casa es muy silencioso. He bajado un poco la ventanilla y en el estéreo suena una música que no reconozco. El borrón verde de fuera parece una sopa porque Digby conduce deprisa, más deprisa de lo que a mí me gustaría, de vuelta a Cherryville.

—Sé que no quieres hablar de... cosas —empieza a decir —y de verdad no quiero disgustarte.

Aparto la nariz del cristal de la ventanilla para mirarlo. Me hace daño a los ojos. Me hace daño por todas partes.

Mira en mi dirección, luego vuelve a mirar la carretera.

—¿Has vuelto a pensar en la persona que entró en tu casa? Quiero decir, ¿no te preocupa? Porque a mí sí.

—Sí, supongo.

Un mechón de pelo ha caído sobre su mejilla y me gustaría apartarlo.

—¿De verdad no fuiste tú?

—No.

—¿Lo prometes?

—Mírame —dice Digby.

Lo hago.

—Yo no llevé comida a tu casa. Te lo diría, te lo juro.

Otra vez me dan ganas de llorar. Es como un reflejo infernal.

—Oye —Pone una mano en mi pierna—. Lo siento, no quería... en fin, sé que todo esto es demasiado. Y yo... habría hecho todo eso si lo hubiera pensado, pero no lo hice.

Trago saliva. Tengo que controlarme. Miro su mano.

—Últimamente he pensado que quizás hay cosas que no podemos explicar —empiezo a decir—. Que a lo mejor cuando pasan muchas cosas malas, también tienen que pasar cosas buenas.

—¿Como por arte de magia? —Digby se ríe y aparta la mano para cambiar de marcha—. Venga ya, Lucille.

—Como para equilibrar las cosas —replico. Debo de parecer una loca. Su cara me lo está diciendo.

—Tal vez —Cuando vuelve a cambiar de marcha el canto de su mano roza la mía—. A lo mejor es así.

Me deja frente al colegio de Wren.

—Así que hemos visto a una chica que llevaba un sello por falda, a un tío casi desnudo en una moto, hemos aprendido algo de historia, disfrutado un bocadillo genial e incluso hemos ido a un concierto, todo en un solo día —Se echa hacia atrás, hacia la ventanilla, y el motor hace un ruido sordo, como si estuviera cansado de estar parado—. No está nada mal.

—Sí, es verdad. Ha sido buena idea escaparnos.

El hombre de mantenimiento, el señor Bob, está fuera recortando los arbustos. Recuerdo al señor Bob. Un buen tipo.

—Ha sido un día estupendo.

—A veces es difícil recordar los días buenos —dice él.

—¿Para ti? —le suelto—. ¿Cómo puede ser eso? Una familia perfecta, calificaciones académicas perfectas, atleta perfecto, novia perfecta —Tomo mi mochila—. Una cara perfecta, un cuerpo perfecto —Alargo la mano para abrir la puerta y no tener que mirarlo.

Pero lo oigo suspirar.

—¿Entonces nos vemos en una hora? —me pregunta.

—¿Lo harás?

—Por Wren.

—Ah, claro.

Tengo que trabajar.

—Así que nos vemos luego.

—Luego —afirmo.

Cuando estoy fuera del coche, ya casi en el patio donde los padres y las niñeras esperan a los niños de primaria, me doy la vuelta. Quiero darle las gracias por un día perfecto, no diez veces, sino diez mil.

«Un día perfecto contigo es todo lo que necesitaba ahora mismo y tú me lo has dado. Me has dicho que tengo unas orejas peligrosas. Me has invitado a un bocadillo. Me has preguntado si estaba bien. Has vuelto a tocar mi brazo y durante tres minutos he pensado que estabas enamorado de mí».

Pero ya se ha ido. Aun así, tengo una fotografía mía mirándolo y una suya mirándome a mí. Dos fotos solo para mí.

Estoy perdida en una burbuja, intentando recordar cosas específicas sobre este día, cosas que sé que querré ver con claridad cuando esté sola en la cama, más tarde. Pero los recuerdos se borran si no te tomas el tiempo para encontrar alguna forma de conservarlos, ¿sabes?

Cómo se marcaban sus omóplatos bajo la camisa, cómo su mano tembló por un segundo cuando sacó el dinero de la cartera para pagar los bocadillos, cómo prestaba verdadera atención a Mildred y dijo: «gracias, señora», cuando nos llevó al Salón de la Independencia. La música, la emoción. Sus dedos, más suaves de lo que yo había pensado.

—¿Cómo va todo? —me pregunta mi vecino de enfrente, Andrew, con una chaqueta de pata de gallo, las uñas limpias, los ojos brillantes y un paraguas verde en la mano.

Miro el cielo. La posibilidad de lluvia es leve.

—Bien —respondo. Me gusta Andrew, así que hago un esfuerzo—. Todo está bien.

—Me alegro —Golpea el suelo con la punta del paraguas. Es tan bonito, robusto y nuevo.

—¿Cómo está Amelia?

Es su hija.

—Ah, está bien, como siempre. Hoy tenía piano, deberes, y luego se va temprano a la cama, creo —Se pasa una mano por los rizos rubios. Es parco en palabras, siempre muy preciso—. Ya hemos entrado en el otoño y es hora de volver a la rutina.

Yo empiezo a planear una rutina en mi cabeza: recordar todo lo que me dijo la señora LaRouche, recordarlo todo.

Andrew está observándome, así que intento retomar la conversación.

—Es muy agradable oírla tocar el piano por la ventana. Lo hace muy bien.

No es cierto, lo hace regular. Además, solo tiene ocho años.

—Cuando Amelia nació —continúa Andrew, solo dirigiéndose a mí parcialmente— no sabíamos si tendría o no el sida. Su madre lo tenía y tardamos casi un año en saberlo con seguridad. Tambien nació con adicción al *crack*, así que el piano la ayuda a concentrarse.

—¿Sabíais que podría morir, pero la adoptasteis de todas formas? Andrew nunca me había contado nada de esto. Recuerdo cuando Edwin y él adoptaron a Amelia y la llevaron a casa envuelta en una manta. Eso demuestra que uno nunca sabe lo que sucede detrás de una puerta cerrada.

—Desde luego —responde—. Queríamos cuidar de un alma ¿y por qué no un alma necesitada?

—Vaya.

—Se me ocurrió que quería que supiera hacer una sola cosa bonita. Solo una, la que fuera. Elegí el piano porque así mantiene las manos ocupadas y tiene que practicar todos los días. Y es la única cosa que sé cómo darle.

—Una cosa bonita cada día.

—Eso es.

Parece como si quisiera decir algo más, algo sobre mí tal vez, así que me cubro la cabeza con la capucha y me despido:

—Espero que paséis buena tarde.

—Haciendo cosas bonitas —dice, haciéndome un guiño.

—Eso es.

Día 54

Al día siguiente, cuando llegamos a casa, alguien ha recogido las hojas del patio, regado las flores y podado los arbustos. Dos tiestos de crisantemos, uno verde, el otro amarillo, han aparecido a un lado del porche. Debería estar agradecida, lo sé, pero estoy tan cabreada que no puedo soportarlo. Me acerco a mi casa como si el camino fuese un campo de minas. En alguna parte, Wrenny está dando saltos, eufórica.

¡Le encantan las flores!

¡Adora la hierba!

¡Y mira, mira! ¡Alguien ha dejado una cesta de empanadas delante de la puerta!

«¿Empanadas?», pienso. «¿Me tomas el pelo?»

—Qué bien —intento permanecer serena mientras tomo la cesta. Mi mirada láser se clava en la casa de Andrew. Esto parece cosa suya, ser el perfecto buen samaritano, ver más cosas de las que debería. Tiene que ser él. Pero si anda rondando por ahí haciendo buenas obras, llevando plantas y comida dentro y fuera de mi casa, alguien se habrá dado cuenta, y eso significa que solo es cuestión de tiempo que más gente empiece a hacer preguntas.

Estoy a punto de cruzar la calle cuando veo a Andrew aparcando su nuevo Volvo familiar. Baja del coche y saca una bolsa de los famosos almacenes *Bergdorf Goodman*. Va muy elegante, como suele vestirse para ir a Nueva York. Si ha estado allí todo el día, no puede haber sido él. Me mira y levanta el pulgar.

—¡Buen trabajo en el patio! —grita, con una mezcla de sorpresa y alegría, como si fuera lo más raro del mundo que mi patio tuviese tan buen aspecto como el de los demás, pero estuviese intentando apoyarme. Su peinado está perfecto, aunque ha empezado a soplar algo de viento. Pronto hará frío de verdad.

Entonces, ¿quién está haciendo esto?

Esa noche, cuando Wren se queda dormida, subo al ático. En general, suelo alejarme de esa zona de la casa. Es un sitio muy lúgubre. Cuando la tía Jan murió y mi madre estaba hinchada con Wren en la tripa, sacó de la casa todo menos los muebles y lo guardó ahí arriba. Nunca dijo nada, pero creo que no podía deshacerse de las pertenencias de Jan o dárselas a otra persona. Justo antes de irse, hizo lo mismo con las cosas de mi padre. Todo rastro de él desapareció.

Ahora que lo pienso, eso dice mucho.

Cuando era pequeña, solía subir allí de vez en cuando, solo para atizar mis miedos, creo. Me daba escalofríos y a veces me gustaba asustarme. Subía hasta la mitad de la escalera e imaginaba lo que podría estar acechando. ¿Un asesino psicópata en su guarida? ¿Una fantasma loca de negro pelo salvaje, largo y fino y labios agrietados? ¿O arañas? Miles de millones de arañas esperando para saltar sobre mí y poner huevos en mi cara, incubar sus bebés por todas partes.

Entonces encendía las luces, miraba todas las cajas… no salía nada de ningún lado, no había amenazas. Solo una especie de silencio vivo, embarazado como mi madre, lleno de algo indefinible. Aun así, nunca podía llegar arriba del todo. Estoy recordando ahora lo que había bajo algunas de las sábanas, y quiero recuperarlo.

Tardo un minuto en acostumbrarme a la falta de luz. Dos de las bombillas fluorescentes ya no funcionan. Lo único que veo son siluetas de cajas y muchas guitarras y bajos. Es como si tuviera dedos en mi pecho empujando uno por uno, sus yemas dejando un rastro en mis costillas, en mi estómago. Estoy haciendo algo que no debería hacer. He entrado en el sarcófago.

No recuerdo mucho sobre mi tía Jan. Nada, en realidad, porque nunca la conocí. Mi madre se marchó de Cherryville en cuanto cumplió la mayoría de edad para dirigirse a la costa Oeste. Ella decía que siguiendo a la música. Sus padres murieron en un incendio, creo, algo trágico, mientras estaban de vacaciones en un bosque. Inhalación de humo. Eso es todo lo que mi madre me contó sobre el asunto. Se emocionaba. Incluso en sus momentos más blandos, trazaba una línea invisible sobre esa historia.

Mi madre tenía una fotografía de la tía Jan en la estantería del baño cuando yo era muy pequeña y aún vivíamos en California. En algún momento, cuando estaba embarazada de Wren y la tía Jan ya había muerto, me dijo que el bebé y yo tendríamos exactamente la misma diferencia de edad que ella y su hermana. Siete años y tres meses. Uno tiene que preguntarse sobre patrones de ese tipo, ¿no?

«Qué raro», dijo entre dientes entonces, acariciando su enorme barriga mientras me lo contaba.

Empiezo a mirar algunas cajas de ropa, algunos libros mohosos, algunas telas que casi se disuelven en mi mano. Un par de arañas se arrastran por el suelo y algún insecto que no puedo identificar. Pero no me dan miedo.

Encuentro lo que estoy buscando casi enseguida. Llevo las cajas de plástico amarillo abajo, apago las luces otra vez, y luego me siento en el suelo para abrirlas. Hay pinceles de todos los tamaños, cientos de óleos, lapiceros de todas clases, bolígrafos, rotuladores y rotuladores.

Saco las pinturas de los cajones de las cajas, las dejo en el suelo colocadas por colores hasta que tengo un arco iris a mi alrededor. Mi piel chisporrotea, tengo la boca un poco seca. Abro un tubo, lo pruebo. Sale una gotita de aceite, pero luego un chorrito de azul oscuro se extiende por las puntas de mis dedos y los froto. Siento un hormigueo.

Día 61

Últimamente voy conduciendo al trabajo porque Eden ya no intenta esconderse en mi casa. Llevamos semanas sin hablar. El brazo que solía guardarme el sitio en la clase de Literatura ahora es un codo y una mano que esconde la cara de Eden, diciéndome que no me acerque. En general, me siento en la parte de atrás, ya que siempre llego justo antes de que empiece la clase después de dejar a Wren en el colegio. También me ignora a la hora del almuerzo, con la cara enterrada en un libro bien levantado para que solo pueda ver sus uñas negras mordidas y su refulgente pelo rojo. He decidido sentarme fuera, en la parte delantera del edificio, sola, mirando un cielo poco interesante mientras me como un bocadillo poco interesante. Eso no había pasado antes. Nunca.

Mi pecho es cavernoso, vacío de todo el espacio que ella ocupaba. Mi personalidad también. Vacía. No sé quién empezó esto de no hablarnos y no sé cómo terminarlo, así que no hago nada. Me limito a aguantar.

Pero Digby sigue apareciendo por las noches y aparca *La Bestia* justo delante de la casa, donde Janie podría pasar y verla en cualquier momento. No parece importarle, así que no digo nada. ¿Y Elaine? Nunca le pregunto por ella, pero supongo que sabe dónde está todo el tiempo.

Él sabrá lidiar con su madre si tiene que hacerlo, me dice, y yo creo que puede hacerlo, que lo hará. Algo en él me hace tener fe, aunque sé que Janie Jones se tiraría de los pelos si supiera lo que está pasando aquí. Esa mujer estrangularía a mi madre con sus propias manos. Es la clase de madre que levantaría un coche sobre su cabeza para salvar a sus hijos, y sé que al menos se pelearía con un tejón por mí.

—Cariño, estoy en casa —le digo a Digby cuando vuelvo del trabajo. Está tumbado en el sofá, haciendo algo con el móvil. Me dejo caer a su lado, sudorosa, apestosa y demasiado cansada como para que me importe—. ¿Dónde está Wren?

—Se ha quedado dormida arriba, viendo la televisión.

—¿Sola?

—Me he sentado en la escalera para estar cerca por si me necesitaba, pero sí.

—Eso es un milagro —comento. Y es verdad—. Gracias.

—De nada —se sienta—. Debes de estar cansada.

—No —respondo. No quiero que se vaya todavía.

Cierro los ojos, no puedo evitarlo, pero no es porque tenga sueño. Es porque Digby es amable y generoso y lo da todo de corazón. No puede ser real. Mi ombligo está agradecido. Incluso mis rodillas están agradecidas por todo lo que hace por mí.

Está mirándome. Lo siento a través de los párpados cerrados. Abro los ojos y lo miro de verdad, haciendo un esfuerzo para no rehuir su mirada. No esperaba encontrarlo contemplándome como si estuviera intentando solucionar una larga ecuación matemática. Veo una punzada de dolor. La pillo cuando aparece en sus ojos, su boca, cuando se lanza sobre sus entrañas y su estómago tiembla bajo la camisa. Conozco ese dolor como conozco sus orejas gachas.

Espero que se levante, como es su costumbre, y empiece a guardar las cosas en su mochila, pero no lo hace.

—El patio ha quedado estupendo.

—Eso dicen —asiento.

«Tócame. Bésame. Soy tuya. Tuya».

Pero sé que no va a hacerlo. Él no engañaría a su novia.

Me gustan sus zapatos. Sus *Vans*. Sus pies tan grandes.

—No ha pasado nada más, ¿no? —pregunta—. ¿Alguna revelación sobre quién está haciendo todo esto?

—¿Podríamos no hablar de eso?

No quiero hablar de cosas tristes, porque si empiezo se colará todo lo demás.

—De acuerdo —guarda el móvil en el bolsillo—. ¿Quieres que me vaya?

«No. Quiero que te quedes para siempre, condenado idiota buenazo».

—¿No tienes que irte?

—Tengo un rato libre —responde.

Me quito los zapatos y tomo una manta que me coloco sobre el regazo y me siento cruzando las piernas.

—Huelo mal.

—Hueles, pero es un buen olor. Me dan ganas de comerme un delicioso burrito que lleve de todo —se frota su abdomen perfecto y sonríe—. Bueno, ¿la noche ha ido bien?

—Ajá —sacudo la cabeza—. Ahora tú.

—¿Qué?

—Háblame de ti. Siempre me preguntas por mí y no me cuentas nada de ti mismo. Me parece totalmente injusto.

Sus mejillas se encienden, se vuelven rojas. Es tan mono.

Se encoge de hombros.

—No, eso no vale —le digo—. Creo que siempre evitas hablar de lo que no quieres, así que háblame de ti.

—Tampoco es que tú respondas a mis preguntas.

—¿Lo ves? Ya le estás dando la vuelta.

—Tú lo sabes todo sobre mí.

—Te aseguro que no.

Quiero hacer que se ruborice durante todo el día.

—Tu comida favorita —lo animo—. Empieza por eso.

—¿De verdad?

—Tu comida favorita —repito.

Se muerde un labio. El superior.

—Me gusta la ensalada.

—¿La ensalada?

—Sí —responde, como si estuviera admitiendo que le gusta ponerse ropa interior de chica en alguna ocasión—.

Me gusta la ensalada. Verduras frescas del campo, ¿vale? —esboza esa sonrisa que adoro.

—Pero eso es tan *poco carnívoro*.

—Lo sé y creo que esa es la cuestión. Mi madre siempre hace una tonelada de comida ¿sabes? Carne con patatas, pasta y pollo y… no sé, demasiada cosa, demasiada carnicería.

Me echo hacia delante y saco los dedos de los pies por debajo de la manta.

—Digby Jones, ¿eres vegetariano en secreto?

Él se pone de lado y estamos mirándonos el uno al otro. Se quita las zapatillas, pone los pies sobre el sofá. Están a milímetros de los míos.

—Me gusta que se puedan hacer tantas cosas con algo que sale de la tierra, pero tú sabes que también me gusta la carne. Mientras sea en Filadelfia.

—Bueno, en fin, de una manera extraña tiene sentido.

—¿Qué quieres decir?

—No sé. Pareces… —elijo mis palabras cuidadosamente—. Pareces demasiado sensible como para comer carne.

Su mano salta hacia mí por un segundo, luego se echa atrás.

—¿Quieres saber cuál es mi comida preferida? —le pregunto.

—No. Ya lo sé.

—¿Ah, sí?

—Sí. Bueno, por lo menos antes lo sabía.

—¿Cuál?

—Los pimientos.

Siento un espasmo. Cuando éramos más pequeños, mientras todo el mundo comía patatas fritas y bebía Fanta, yo siempre me lanzaba a los pimientos. No sé por qué. Hay algo en su aspecto fresco, en su jugo, en su simplicidad. Pero hace mucho tiempo que no los como. Hace tiempo que no me siento frente a un plato de pimientos y dejo que su limpio sabor me refresque.

—Prestando atención, Digby Jones —comento.

Él aparta la mirada.

—¿Qué?

—Nada —se quita la gorra, la sujeta entre las manos sobre el regazo—. Me gusta cuando dices mi nombre —se le forman unas arruguitas diminutas a los lados de los ojos—. ¿Los pimientos aún son tu comida favorita?

—No lo sé —respondo—. Ya ni siquiera sé eso.

Él se sorprende.

—¿Qué?

—Que te pones tan dramática por todo últimamente. *Mi madre me ha dejado con mi hermana pequeña. Algún ángel de la guarda me trae cosas. Trabajo en un restaurante y tengo que hablar con gente* —Le da un golpecito a mi pie—. *Buah, ni siquiera recuerdo cuál es mi comida favorita, qué pena.*

Si lo hubiera dicho otra persona sería ruin, pero viniendo de él no es así.

—¿Has terminado? —le pregunto.

Sacude la cabeza, clavando sus ojos en mí. Travieso.

—*Buah, soy tan guapa* —dice—. *Buah* —continúa más despacio— *soy inteligente, competente, estoy haciendo posible lo imposible* —apenas audible—. *Soy genial.*

—Genial —repito, pero aludo a él.

—Sí, genial. Esa noche hiciste una locura… con tu padre.

Estoy a punto de protestar.

—Sé que no te gusta hablar de ello, pero te tiraste sobre un… ¿qué? Un hombre de más de cien kilos y conseguiste apartarlo de tu madre. En serio, eso fue… genial de verdad.

—No fue así.

—¿Entonces cómo fue?

—No lo sé. Él no opuso resistencia. La soltó en cuanto lo toqué. Era como si no supiera lo que estaba haciendo por un momento, como si algo estuviese controlándolo.

—Locura temporal.

—Parece que no tan temporal.

—¿Y no has vuelto a verlo?

—No, él no quiere vernos. Mi madre lo intentó un montón de veces y luego por fin…. —y entonces lo digo en voz alta—. Él también desapareció. No está ingresado en la clínica. Mi madre lo descubrió justo ante de irse. No sé dónde está ninguno de los dos. Es como si se hubieran evaporado.

Él frota un poco mi pie, sacude la cabeza.

—No entiendo que alguien pueda abandonaros a cualquiera de las dos. Sobre todo a ti. No lo entiendo.

Su mano está apoyada en mi pie. Soy un pie gigante; su mano, una mano mágica gigante, y me sujeta.

«Respira». «Menos». Tengo todo el cuerpo caliente y latiendo.

—¿Qué estás haciendo?

¿Quién es este chico al que conozco casi desde siempre y por qué lo es todo?

Sonríe y te juro, te juro que sus ojos están empañados.

—No lo sé —no aparta la mano de mi pie.

Me doblo sobre mí misma y me arrastro hacia él, aniquilando cualquier pensamiento racional, todo lo que me dice que pare, que lo que hago está mal. Me detengo cuando estoy cerca.

Entonces su mano está en la base de mi espalda, colocándome sobre su regazo. Me restriego contra su resbaladiza chaqueta, le quito la gorra de las manos y la dejo caer al suelo. Paso los dedos por las rayas blancas de su torso. Consigo llevar oxígeno a mis pulmones a duras penas.

El aire que él exhala es dulce y me lo bebo. Me empuja con las puntas de los dedos. Espero que mi aire le sepa igual de dulce. Las comisuras de nuestros labios se tocan y recibo una descarga tras otra. Mis ojos están abiertos, mirando sus párpados cerrados, y entonces los abre de repente y estamos tan cerca que es como un cíclope borroso. Me siento tragada por su único ojo.

—Lucille —susurra como si fuera una súplica.

Entonces nos besamos de verdad y no implosiono ni me disuelvo ni me desmorono como había pensado. En cambio me hincho de felicidad y me siento mejor que nunca. Nos enterramos el uno en el otro. Sus labios son suaves y su cuerpo duro y codicioso, y después de saborear la boca del otro durante un minuto es como si fuéramos las personas más hambrientas del mundo y alguien nos hubiera servido el uno al otro como cena, como postre. Somos filetes con puré de patatas aderezados con salsa de carne, y volcán de chocolate con nata y salsa de frambuesa. Somos decadentes. No, él es una tira de pimiento crujiente y fresca deslizándose por mi garganta. Perfecto, como he dicho.

Y es entonces cuando noto la vibración de su móvil en mi muslo y doy un salto atrás. Vibra, vibra y vibra. Su rostro dice que sabe que es Elaine quien está llamando. No responde. No se mueve en absoluto. Vibra durante una eternidad hasta que deja de hacerlo. Pasan unos segundos y luego vibra otra vez. Ha dejado un mensaje. ¿Qué dice?

A lo mejor: «Hola, soy yo. Te quiero, Digby. Te echo de menos. ¿Dónde estás? Llámame cuando escuches este mensaje».

Casi puedo escuchar su voz. ¿Qué haría si supiera que su novio, la persona en la que confía, está encima de otra chica y si supiera que soy yo? ¿Cómo la haría sentir eso?

Me echo hacia atrás para apoyarme en el brazo del sofá. Él parece como si hubiera perdido algo. Se va a marchar. Se irá y no volverá nunca.

Tira de los sudados dedos de mis pies.

—Lucille, yo…

—*Buah* —digo—, *soy guapísimo. Buah, soy capaz de increíbles proezas físicas. Buah, tengo una novia guapísima* —Hago una pausa e intentando calmarme.

Su voz suena salada, como si le hubiera robado todo lo dulce que hay en él:

—Estoy desconcertado, Lucille. ¿Esta chica ridícula a la que conozco desde siempre es… qué? —Apoya la cabeza en sus manos, mira el suelo—. ¿Está interesada en mí?

¿Siente curiosidad? Esta chica es increíble. Sus ojos, Lucille, deberías ver sus ojos.

Tengo que agarrarme, literalmente agarrarme al sofá debajo de mí, para no lanzarme sobre él. Ni siquiera conozco a la persona que soy cuando estoy con él.

Su móvil vibra. Un mensaje de texto esta vez.

—¿No tienes que contestar?

—No —responde—. No pasa nada.

Se recupera del momento de intimidad. Yo sigo afectada.

Después de un minuto pregunta:

—Bueno, ¿qué está pasando entre mi hermana y tú?

—No lo sé.

¿Por qué me pregunta por eso ahora?

—Pero no os habláis, ¿no?

—No, la verdad es que no.

—La echaste de tu casa. Solo estaba intentando ayudar.

—También te eché a ti. Estabas aquí.

—Pero…

—¿Pero qué?

—No pude evitar volver.

—Pero ella sí —replico, intentando no pensar demasiado en lo que acaba de decir.

—Deberías hablar con ella. Creo que has herido sus sentimientos.

—Lo siento, no tengo tiempo para sus sentimientos. Solo trato de apañármelas como puedo.

Y entonces, al decir eso, me doy cuenta de lo frágil que soy, de lo cabreada que estoy con Eden. No me parece justo que sienta que he herido sus sentimientos cuando yo tengo que lidiar con todo lo que tengo que lidiar.

—Tengo una cosa —Digby saca el móvil del bolsillo—. Espera un momento —teclea algo rápidamente, supongo que un mensaje de texto para Elaine, mientras yo intento no sentir resquemor, y luego me pone los auriculares. Aplaca mi mal humor que lo haga, aunque Elaine acecha entre las notas—. Te va a gustar.

La música no se parece a nada que haya escuchado antes, no es mi tipo de música, desde luego, pero me gusta lo suficiente como para cerrar los ojos. Cuando termina la canción, él se ha puesto la gorra y lleva la mochila al hombro.

—Buena, ¿verdad?

—Sí, muy buena —le devuelvo el móvil—. Gracias.

Me duele todo mientras se dirige a la puerta.

Me abraza muy fuerte antes de salir. Intento apretarme contra él y durante un segundo loco creo que si lo aprieto con fuerza suficiente tal vez me convierta en él, me funda en él y nada de esto tendrá importancia. Pero al final sigo siendo yo y él sigue siendo él, y nuestros cuerpos se separan y su mano está en el picaporte, la mochila al hombro, la noche en mi cara.

Y luego nada.

APVL
(Antes de que mi padre se volviese loco)

Parker Delaney es lo más lejos que he llegado en el mundo del sexo. Parece como si hubiera sido hace siglos, cuando tenía a mi madre y a mi padre y no sabía lo frágil que es todo. Seguía pensando que uno tenía una familia, algo de ropa, una gran amiga, una hermana pequeña a veces irritante, y que ibas deslizándote por la vida hasta que un buen día te hacías lo bastante mayor como para entender de qué va la cosa.

A veces iba al parque con Eden por las tardes, cuando aún vivíamos en casas contiguas, antes de que la señora Albertson se mudase. Mirábamos a los chicos que jugaban al baloncesto —hacer canastas, decían— y nos tumbábamos en el suelo del tiovivo, mirábamos el cielo y hablábamos sin parar.

Parker no era mi novio, pero sí lo más parecido que

había tenido nunca en el sentido de que insistía habitualmente en querer besarme. Había sido así durante mucho tiempo. Un día terminé detrás del *dojo de karate*, al otro lado del parque, con la mano de Parker bajo mi camisa, dentro de mi pantalón. Pasaron tantas cosas a la vez. Preguntas sobre si me gustaba o no, sobre si importaba o no, su lengua demasiado húmeda, demasiado grande, no me daba la oportunidad de ver las cosas claras. Sus manos tampoco. Debía de tener como ocho, brotando por todas partes al mismo tiempo.

Tenía el pelo muy suave. Yo quería pasar los dedos por su cabello mientras le hacía hablar para ver si había algo ahí, pero actuaba como si estuviera a punto de arder por combustión espontánea si no se acercaba a mí tanto como fuera posible. Era como si tuviese una bomba en los pantalones que fuese a hacer estallar el mundo si no conseguía lo que quería, si no dejaba que me tocase.

El último día tuve que zafarme o habría perdido la virginidad contra una sucia pared, y me negué en redondo a desplazarme cuando dijo que sus padres no estaban en casa y podríamos ir allí. Había prometido no presionarme, pero yo sabía que no sería así. Los frenos no parecían funcionar una vez que uno pasaba de cierto punto.

Era embriagador y enfermizo al mismo tiempo.

Seguía teniendo la ropa puesta, pero al final Parker me había tocado por todas partes y yo no sabía si me había gustado o no. Después de que mi padre se fuera y hasta Digby, no quería tocar a nadie en ningún sitio y estaba clarísimo que nadie quería tocarme a mí.

Pensaba que Digby era seguro.

Día 61 continuación

Cuando Digby se marcha, me doy la ducha más caliente de la historia. Wrenny duerme en la habitación de mi madre, de modo que puedo tomarme mi tiempo, languidecer, sentir las gotas de agua como perlas, pensar en ese beso, esos besos, grabar cada segundo en mi cerebro. ¿Recuerdas lo que dije sobre olvidar las cosas? Pues es verdad. Tienes que concentrarte para conservar los recuerdos.

Luego me pongo una de las viejas camisetas de mi padre que tenía estampada la leyenda: ¿POR QUÉ LLEVAS ESE ESTÚPIDO DISFRAZ DE HOMBRE? Es una frase de *Donnie Darko*, su película favorita.

Las manos de Digby eran tan suaves, pero algo en la presión de sus dedos sobre mi espalda me volvió loca. Estoy pensando que tener sus labios tan cerca, pero apenas tocándose, me hacía sentir cosas de novela romántica. Mis muslos palpitaban, mi aliento era un jadeo, un gemido escapó de mi garganta… cosas así. Me arrastré, por favor, me arrastré hasta su regazo como una criatura lasciva.

Además, no me dolía nada. Durante unos minutos estaba donde estaba y, la verdad, no hubiese aceptado diez mil millones de dólares por apartarme de su regazo en ese momento. Pero ahora el dolor es peor que antes. Mucho peor.

Deseo, deseo, deseo.

A Digby por todas partes.

Me gustaría poder hablar con Eden.

No puedo permanecer quieta, tengo que moverme. De modo que subo a buscar la caja amarilla, y la arrugada, pero limpia tela blanca que he visto arriba. Abro la caja y saco los pinceles, las pinturas. Este color, ese color, estoy frenética. Mezclo la pintura con disolvente y me vuelvo loca sobre la tela. La pintura es una cosa viva. Naranja, rojo, amarillo y luego azul, morado y verde, todo mezclado. No tengo un dibujo en mi cabeza, solo una sensación de lo que podría ser.

Cuando termino, es un tornado de colores. Estoy absolutamente, cien por cien segura de que desde un punto de vista realista es un horror.

Pero sé que el rojo, el naranja y el amarillo son yo, quemándome. ¿Y el azul, el verde, el morado? Son Digby.

Estamos juntos en este cuadro, suspendidos.

Día 62

Al día siguiente estoy dispuesta a hablar con Eden. No puedo quitarme de la cabeza lo que dijo Digby.

¿Eden y yo estamos enfadadas de verdad? No estoy segura del todo y, de repente, no me parece bien que sea así. Llego temprano a clase de Literatura para poder sentarme a su lado. Intento hacer piececitos con ella, pero no me los devuelve. Le envío un cariñoso mensaje antes de la clase de Cálculo, al que no responde. Incluso me siento con ella a la hora del almuerzo y mantengo una conversación unilateral.

La cosa va tan bien que Eden, tranquilamente, toma su almuerzo y se aleja dejándome con la palabra en la boca.

De verdad está enfadada conmigo.

Día 67

Digby va a mi casa como acostumbra. No hay besos. No hay caricias. Cuando se marcha busco un pimiento rojo en la cocina y lo corto en tiras que coloco de forma simétrica en un plato.

Día 69

—¡Voy a ser un arco iris por mi cumpleaños! —es lo primero que dice Wren cuando vuelvo a casa del trabajo, cargando un par de bolsas con provisiones para su cumpleaños.

Wren lleva un maillot algo gastado con grandes rayas rojas, verdes, azules y amarillas en la parte delantera y su sonrisa nerviosa no me hace ninguna gracia. Está totalmente acelerada. No puedo creer que sean las once. Dejo las bolsas en la cocina haciendo ruido, debo reconocer.

—Espero que no te importe que haya subido al ático —comenta Digby, que entra detrás de ella—. Supongo que había visto algunas de las cosas que has bajado. Ahí arriba hay muchas cosas que molan. Cajas y cajas. Hay un montón de guitarras… —Hace una pausa, como tanteándome por un segundo—. Siento que esté despierta. Sé que mañana tiene que ir al colegio.

Esta noche he ganado casi doscientos dólares en el trabajo, justo a tiempo para el cumpleaños de Wren. Debería estar de buen humor, pero estoy enfadada o irritada y no sé por qué. Tal vez tenga algo que ver con que Digby y yo no hemos hablado sobre los besos y él sigue viniendo y no puedo tocarlo y es una tortura infernal para mí. Y encima ahora hace lo que quiere en mi casa, hasta entra en sitios que yo misma estoy empezando a descubrir.

—Tu madre es tan gorda que me he quedado sin gasolina dando vueltas a su alrededor —dice Wren, saltando en círculos.

—Siento mucho si no querías que subiera —dice Digby—. Pero es que ha insistido tanto.

Me quito la chaqueta y la cuelgo, intentando controlar mi mal humor y alejarme de ellos para calmarme un poco. Wren parece estar teniendo un episodio maníaco. Ahora está quieta y está tomando un vaso de leche con chocolate.

—No deberías tomar eso a estas horas —le digo cuando vuelvo al salón—. Por eso estás tan acelerada.

Digby le quita el vaso de las manos.

—Hay un montón de cuadros ahí arriba. De tu tía, ¿no? ¿Aún conservas algunos de tus dibujos?

—¡Oye! —grita Wren y recupera su vaso de leche.

Digby se me acerca.

—Deberías pedir permiso antes de fisgonear entre las cosas personales de los demás —le suelto.

Digby tiene esa expresión otra vez, como si le hubiera golpeado, y de repente me entran ganas de hacerlo. Pero fuerte de verdad.

—Oye… —Wren revolotea entre los dos, tomando un trago— he encontrado una caja con cosas. Dijiste que debería ser cre-a-ti-va por *Halloween,* porque cae en mi cumpleaños, y he pensado que podría ser un arco iris —Hace una pausa—. A lo mejor podrías comprarme purpurina mañana por la mañana, antes del colegio. He visto una que tiene diferentes colores. Podría ponérmela por todas partes y si me compras unos leotardos morados seré de todos los colores y...

—¡Wren! ¿Quieres calmarte, por favor?

Lamento de inmediato haber gritado, aunque Wren se porta como una loca y Digby también; en su caso una locura diferente, como si no hubiera engañado a su novia conmigo, como si no hubiera nada entre nosotros y solo fuese el canguro.

Digby y yo nos miramos. Es un duelo y estoy dispuesta a disparar.

Wren pasea la mirada del uno al otro.

—Quiero saber qué te parece mi idea del arco iris.

—Los arco iris son mágicos —me aparto de Digby, paso los dedos por el pelo de Wren y me encuentro un nudo enorme, pero ella se aparta—. Y tú vas a ser el mejor.

Wren empieza a dar vueltas.

—Los cumpleaños que caen en *Halloween* son los mejores. ¿Te acuerdas cuando mamá y papá se disfrazaron de Shrek y Fiona?

—Lloraste —le recuerdo—. Papá te asustó cuando apareció con esa máscara puesta.

—No me acuerdo de eso —dice, un poco desanimada—. Solo me acuerdo de que molaba.

—Yo estaba allí y eso fue lo que pasó —interviene

Digby—. A veces uno recuerda las cosas de manera diferente a como ocurrieron en realidad.

—Revisionismo —sugiero.

—O perspectiva —dice él. Se produce una pausa—. Tengo que irme.

—De acuerdo.

—Oye —empieza a decir mientras saca las llaves del bolsillo—. No quiero estresarte, pero el debate de Elaine es la noche de *Halloween*. Me parece que no voy a poder cuidar de Wren en *Halloween*. Quería hacer lo de *truco o trato* y todo eso con ella, pero Elaine quiere que pasemos esa noche juntos.

—Pero le he dicho a Fred que trabajaría, aunque sea viernes. Dijiste que…

—Lo siento, Lucille, pero…

—No, no pasa nada, lo entiendo.

—A lo mejor podríamos quedarnos los dos con Wren.

El efecto de tal sugerencia no puede ser exagerado. Vómito. Bilis. Puaj. No sé cómo puede sugerir tal cosa.

—No, gracias.

Él me mira con los ojos entrecerrados.

—Sí, bueno, lo siento —Sonríe y la sonrisa me parece tan floja.

—Dilo diez veces y luego no vuelvas a decirlo.

—Lucille…

—Me debes diez —insisto—. Wren, es hora de irse a la cama —Le quito el vaso de leche chocolatada, entro ofendida en la cocina y tiro lo que queda por el fregadero.

—¿Por qué estás tan enfadada esta noche? —Wren hace una mueca—. Es un asco.

—¿Sabes una cosa? —le suelto a Digby desde la puerta de la cocina—. Ahora va a estar despierta toda la noche. No se da azúcar a los niños a la hora de dormir.

—Yo no se lo ha dado. Se lo ha servido ella sola.

—Bueno, pero se supone que tú eres el responsable, el que está al mando.

—¿Como tú? —replica él. Y parece enfadado.

—Arriba —le ordeno a Wren, que no discute—. Buenas noches, Digby. Disfruta de tu tiempo libre.

—He visto el dibujo —me replica.

Me sobrecoge un pánico repentino.

—Me gusta. Mucho.

—¡A mí también! —grita Wren—. Quiero pintar. ¿Podemos pintar juntas?

—No, esta noche no.

—Pero...

—¡Esta noche no!

Digby permanece en la puerta. Esto es un desastre. Todo esto. Ahora he herido sus sentimientos y él está intentando, intentando hacer las paces, es evidente. No puedo dejarlo así, no quiero enfados entre nosotros.

—Ve arriba, Wren. Ve a cepillarte los dientes.

Sorprendentemente, lo hace.

En cuanto desaparece, Digby pone un brazo alrededor de mi cintura y tira de mí en un abrazo intenso que le devuelvo con todas mis fuerzas.

—Estás intentando volverme loca —le digo con mi cara contra su torso.

—No es verdad.

Tengo que echar la cabeza hacia atrás para verle la cara.

—Estoy intentando hacer lo que debo —Pasa un dedo por mi oreja. Parece que podría ponerse a llorar—. ¿No lo entiendes?

—Sí, creo que sí —Intento tocar su mano, pero él da un paso atrás.

—De verdad es un buen dibujo —dice antes de marcharse.

Wren y yo vemos *Guerra de bombones* mientras intento calmarme. El premio para los equipos que compiten es organizar una fiesta para George Lucas, así que la temática está inspirada en *La guerra de las Galaxias*. No nos podemos de acuerdo sobre quién debe ganar. Para mí todo se reduce a la originalidad, para Wren son los sabores. Ella apoyaría hasta a una bruja si hiciera pasteles de pistacho con cobertura de chocolate blanco. ¿El ingrediente secreto? Agua de rosas.

Wren está tan emocionada con su maillot arco iris que la dejo dormir con él puesto y encima de mí. No tengo tiempo para ducharme ni cambiarme de ropa. Nos quedamos fritas en la habitación de mi madre, con la televisión puesta.

Día 71

Es el cumpleaños de Wren. Y *Halloween*. Algo que me inquieta. Porque todos llevamos máscaras todo el tiempo, ¿verdad? Y desear tanto poder quitarme la mía y confesar ante el mundo precisamente hoy me parece irónico hasta un punto que apenas puedo descifrar.

Sí, me gustaría gritar. *Mi padre está loco, mi madre me ha abandonado, mi mejor amiga no me habla y estoy enamorada, desesperadamente, de no recuperarme nunca, enferma de amor por un chico al que no puedo tener. Adelante, mundo, sigue machacándome. Quiero ser libre.*

Anoche pinté un cartel que he colgado sobre la puerta de la habitación de mi madre, para que sea lo primero que vea Wren cuando despierte. Tiene pájaros por todas partes, y un sol, incluso una mariposa. Es una mentira, claro, y seguramente Wren podría haberlo hecho mejor que yo, pero lo he intentado.

Mi madre tenía un molde con el que hacía gofres en forma de corazoncitos y, a veces, lo sacaba por las mañanas durante los fines de semana y canturreaba mientras cocinaba. Siempre iba a ser un buen día cuando empezaba así. Encuentro el molde detrás de la jarra de plástico, detrás de las bandejas de metal que solo sacaba en las fiestas, y me quedo mirándolo un momento.

Solo son las seis de la mañana, pero no podía dormir. He tenido el teléfono a mi lado toda la noche, por si acaso. Si hay un día en el que mi madre pudiese llamar es hoy y quiero estar preparada. Pienso pasarle muy tranquilamente el teléfono a Wren. No voy a gritar. No voy a decirle amargas verdades y, desde luego, no voy a llorar.

Quiero que Wrenny tenga un bonito cumpleaños. Ahora tiene diez años. Dos dígitos.

El puñetero molde para gofres es mi justo castigo. Me canso solo con mirarlo. Entre las muchas cosas que nuestro santo patrón de los alimentos nos ha dejado hay mezcla para tortitas, así que abro el paquete, me mancho de harina por todas partes y lo mezclo con leche y huevos mientras espero que el molde para gofres se caliente.

El viento golpea los cristales de las ventanas. Mi padre siempre hacía algo en el sótano para que las cañerías no se congelaran. Además, limpiaba la caldera y aislaba las ventanas para el invierno. Si hace tanto frío a finales de octubre, este año va a ser duro, y yo no sé cómo hacer ninguna de esas cosas.

Pero esta parece casi una mañana normal. He puesto la cafetera, los gofres se doran, pongo la mesa y saco del armario el regalo para Wren, de la estantería más alta donde lo había escondido. Esa chica husmea por todas partes, así que estaba muy al fondo.

—¿Qué es eso? —pregunta mientras se desploma frente a la mesa con una manta sobre los hombros.

—¡Feliz cumpleaños! —grito demasiado alto y demasiado alegre mientras me guardo la caja en el bolsillo—. ¡Ya tienes diez años!

—¿Has hecho los gofres de mamá?

—No, he hecho *mis* gofres —Saco del armario la Nutella que he comprado, y también fresas y nata montada de la nevera—. ¿Mamá te hizo algo parecido alguna vez?

Echo un chorro de nata por todas partes, sobre el plato de Wren.

Sin duda, Wren está poco saltarina, incluso ante la perspectiva de la nata, como si estuviese sufriendo un bajón del subidón que tenía por la noche. Aunque es robusta, tiene un aspecto infinitamente frágil. Y tiene bolsas oscuras bajo los ojos.

—¿Qué pasa, Wrenny?

Se encoge de hombros, desliza el tenedor por la nata, mancha un poco la manta, deja que el tenedor caiga sobre la mesa.

—Tengo una cosa para ti —le digo, mientras saco la caja del bolsillo.

Su rostro sigue apagado. Es tan raro en ella que siento un escalofrío. Desenvuelve el regalo como si estuviera moviéndose por el lodo, aparta a un lado el papel de seda y la cinta súper brillante que pensé que le haría tan feliz.

—¿Has visto el cartel que te he hecho?

—Sí, gracias. Es bonito —cuando levanta la tapa de la

caja y ve los diminutos pendientes de diamantes sobre su cama de terciopelo negro, me mira con los ojos como platos—. ¿Son de verdad?

Afirmo con la cabeza.

—Pues claro que sí.

No le digo que estaban en unas superrebajas en la joyería del centro comercial. Quiero que piense que me he gastado un millón de dólares. Lo hubiera hecho si los tuviera. Por ella.

—Pero no tenemos dinero.

—Hoy cumples diez años, Wrenny. Eso es muy importante. Además, son perfectos para ti.

—Pero tú siempre estás diciendo que necesitamos comida y cosas.

He vuelto a meter la pata. Wren no debería estar pensando en esas cosas. Debería estar divirtiéndose en algún sitio. Mira el teléfono sobre la encimera, me mira a mí, vuelve a mirar el teléfono. Y entonces me doy cuenta. Ella también está esperando.

—Tu madre es tan gorda que pensé en ella y me rompió el cuello —dice antes de que yo pueda comentar nada sobre nada.

—¿Por qué haces eso? —Vuelvo a guardar las fresas en la nevera y cierro la puerta con demasiada fuerza.

—¿Qué hago?

—Contar esos chistes.

—Porque son graciosos.

—La verdad es que no son tan graciosos.

—¿Cómo que no? ¿Es que no lo entiendes? Es tan gorda que solo con pensar en ella te rompes el cuello.

—Lo entiendo, pero creo que es muy feo. Y no es...
—Busco la palabra adecuada— no es amable.

No es amable contigo misma, quiero decir.

Y entonces se pone a llorar, grandes, globulosas, gruesas lágrimas. Está llorando sobre los gofres, agarra su pelo grasiento como si quisiera sujetar el cerebro en su sitio.

—Aún es temprano, cariño— le digo, el enfado olvidado por completo—. Aún puede llamar. Tiene todo el día.

—Tengo que ir al colegio.

La abrazo, pero ella se hace la fuerte. Wren no ha llorado nunca durante todo esto, ni una sola vez. ¿Cuántas sonrisas ha fingido y por qué insistimos tanto en aparentar que todo está bien cuando no es verdad? Me pongo de rodillas e intento meter la cara entre sus brazos. Ella me aparta, pero sin mucha fuerza, y cuando estoy a un centímetro saco la lengua y bizqueo.

Wren ríe y yo río también. Me deja que tome sus brazos y los ponga sobre mis hombros.

—Nos va a ir bien —le digo—. Todo va a ir bien.

—¿Van a separarme de ti? —nunca me había preguntado eso hasta ahora.

—Yo no voy a permitirlo.

—¿Y si no puedes evitarlo? He oído cosas.

—¿Qué has oído?

—A ti, a Digby y Eden hablando de eso. La noche que te enfadaste con ellos.

¿Qué más ha oído? ¿Cuánto más sabe sobre todo esto?

—Tengo diez años —dice Wren y veo cuánto ha cambiado, cuánto ha envejecido. Las capas de felicidad y despreocupación desprendidas.

—Sí, es verdad —me siento en el suelo y levanto la mirada—. Tienes diez años —le arropo las piernas con la manta—. ¿Quieres hablar de lo que está pasando?

Ella niega con la cabeza, pero luego me mira levantando unos párpados esperanzados, unas largas y espesas pestañas negras.

—No quiero que te pongas triste si lo hago —me dice—. Sé que te pones triste —le tiembla el labio inferior y veo el esfuerzo que hace para que pare—. Yo te pongo triste.

—¡No! —me apresuro a decir— No, tú no me pones triste, nunca —Tomo sus dedos. Tiene las uñas más perfectas. Redondas, rosas y suaves—. A veces creo que no lo estoy haciendo bien. Yo me pongo triste. La situación me pone triste y me gusta que tú *parezcas* feliz, pero si no eres feliz de verdad, no tienes que fingir. Ahora mismo es difícil, pero las cosas no serán siempre así, te lo prometo. Y te prometo que cuidaré de ti siempre —Me sobrecoge una oleada de emoción—. Pase lo que pase, nunca, jamás dejaré que nadie te aparte de mí. Estaremos juntas mientras tú me necesites.

—Hay una señora en el colegio que me ha estado haciendo preguntas. Es muy amable, pero me pregunta mucho por papá y mamá y cosas. No sé qué decirle —Se vuelve a cubrir la cara y tengo que apartar sus manos—. No le he dicho nada.

—Pero quieres hacerlo.

—No puedo. Quiere que hable de mis sentimientos, de cómo es en casa.

—Ah.

No sé qué hacer.

—Creo que si no hablo con ella será peor, pero es lista y si le miento se dará cuenta.

—Bueno, entonces no le mientas. Pero no se lo cuentes todo.

—Me ha dicho que no pasa nada por estar triste, pero de todas formas voy a intentar ser feliz —Aparta una mano y me da una palmadita en la cabeza como si fuera *BC*—. Los pendientes son muy bonitos —Me ofrece la caja—. ¿Quieres ponérmelos?

Le canto el «Cumpleaños Feliz» mientras le pongo los pendientes en las orejas y no puedo creer lo bien que le quedan, como pequeños reflejos de todo lo que tiene dentro. No quiero que esta luz se apague nunca.

Se incorpora y se mira al espejo. Nuestros ojos se encuentran.

—Tu madre es tan gorda que está en los dos lados de la familia.

Se ríe como si tuviera diez mil millones de años.

Shane, Rachel y Val rodean a Wren, admiran su disfraz de *Halloween* mientras hacen sus tareas, arrullándola, felicitándola cada vez que tienen una oportunidad. Fred, que va vestido de guerrillero, con doble bandolera sobre el pecho y bandana en la frente, pone una vela sobre un flan y todo el mundo le canta.

Escondo mi móvil en el delantal, aunque no está permitido usar el teléfono mientras trabajamos. Por si acaso. Las chicas llevan a Wren a la oficina. Cuando voy a verla un rato después están arreglándole el pelo, admirando sus pendientes, preguntándole por chicos. El restaurante está casi preparado. Wren está distraída con tanta atención mientras yo coloco cubiertos en las mesas cubiertas de plástico.

Me encanta cuando ese es mi trabajo. Tomar los cubiertos limpios y enrollarlos en servilletas, hacer fardos apretados y pegarlos unos contra otros. Puedo descansar antes de la batalla. Además, quedan bonitos antes de ser abiertos y cubiertos de porquería. Cuando tengo casi una bandeja terminada, Wren sale de la oficina con aspecto de prostituta. Una prostituta muy feliz. Al parecer, las chicas han «refrescado» su maquillaje.

—¡Madre mía! —Fred suelta una risotada al ver su cara—. De verdad, chicas, estáis locas —sacude la cabeza mientras entra en la cocina.

—Le dijo la sartén al cazo —comenta Val a su espalda.

—¡Mira! —grita Wren—. ¡Rachel me ha maquillado!

—¿A que está genial? —Rachel apoya una mano en su cadera—. He acentuado sus facciones, sus pómulos naturales, esos labios gruesos —levanta la barbilla de Wren para mirarla a los ojos—. Qué cara tan bonita. Eres un arco iris tan precioso.

El aspecto de Wren hace que se me encoja el corazón. Parece demasiado mayor para tener solo diez años y el negro que Rachel ha puesto alrededor de sus ojos solo hace que el dolor en los grandes y brillantes ojos castaños destaque más. Me alegro de que lo demuestre un poco. El rojo de sus labios brilla también y puedo ver lo guapa que será algún día. Espero que se quiera mucho a sí misma. Espero que sepa que es preciosa sin tanto maquillaje. Me gustaría quitárselo, pero sería un insulto para Rach, de modo que me limito a asentir.

—Es verdad. Estás guapísima, Wrenny —pongo un brazo a su alrededor y me inclino para hablarle en voz baja—. Pero tú no necesitas todo eso.

—Me gusta —dice ella antes de volver trotando a la oficina.

Shane asoma la cabeza mientras se aplica brillo de labios.

—Le he dicho a Rachel que no usara el rojo.

Me encojo de hombros.

—Es *Halloween*.

—Tú, por otro lado, pareces un puñetero fantasma. ¿Era eso lo que pretendías? Porque si no, tal vez un poquito de colorete…

—¿Qué quieres para cenar, Wren? —grito, ignorando a Shane.

—¡Un filete! —responde ella.

Lo anoto en una comanda que dejo sobre la ventana que sirve para pasar los platos de la cocina. Me siento rara pidiendo lo más caro del menú.

—¿Estás haciendo una dieta de proteínas? —pregunta Fred, asomando la cabeza con la comanda en la mano—. ¿Comiendo gratis?

—Para mi hermana.

Él sonríe, empuja sus gafas por el puente de la nariz.

—Bueno, como es su cumpleaños... La pequeña reina necesita carne.

Me gustaría entrar por la ventana y abrazarlo. Sé que en muchos restaurantes no permiten que sus empleados coman carne, pero nosotros podemos pedir lo que queramos del menú. Adoro a Fred por eso.

—¡Venga, vamos a movernos! —me grita—. Estás buenísima.

Todas se atropellan para salir de la oficina, atándose los delantales por encima de los disfraces. Lo han dado todo, con plumas, máscaras y pintura en la cara. Yo me he decidido por un vestido de cóctel negro y un poco de la purpurina de Wren. Y me siento extrarreluciente.

Wren está mirando unas fotografías en la pared. Todos abrazándonos, riendo, haciendo el tonto. La gente siempre está haciendo fotografías por aquí.

—¿Estás bien? —le pregunto.

Ella asiente con la cabeza.

—Te traeré la cena cuando esté lista. Siento mucho que tengas que estar aquí en tu cumpleaños.

—¿Por qué? Este sitio mola mucho.

Nada de *truco o trato*. Nada de amigos ni fiestas. Tiene que quedarse en la oficina la noche de su cumpleaños.

Tirando un poco hacia abajo de mi vestido, me acerco a la puerta para colocar el cartel de Abierto y sufro una pequeña crisis nerviosa. Hay una cola que llega hasta la esquina. Val está en la puerta esta noche.

—Esto es de locos.

—Vienen de todas partes —sonríe—. Casi se me había olvidado de que nunca has trabajado en *Halloween* —Val, que va vestida como una Betty Page diabólica, toma un montón de menús—. Déjalos entrar —me dice— te veré al otro lado.

La noche es de locos. Es como si todo el pueblo hubiese recibido una circular en la que dice que somos la única fiesta en el pueblo. Tengo unos minutos para echar un vistazo a Wren y cuando entro en la oficina está comiendo, arrancando trozos de cartílago del filete y dejándolos a un lado del plato. Parece una vikinga con atuendo festivo atacando un buen festín. En otra ocasión que paso a ver qué está haciendo está bebiendo un refresco. No sé de dónde lo ha sacado.

Cuando la noche está en su apogeo, la encuentro bailando. Y, por fin, horas más tarde, la encuentro derrumbada en la silla, con la cabeza sobre la mesa, con aspecto incómodo y retorcido. Menudo cumpleaños. Tengo que llevar un pedido extra de guacamole a la mesa nueve y la cuenta a la mesa doce. Normalmente no se debe interrumpir el trabajo, pero me duele tanto verla así…

—¿Cansada, Wrenny?

Ella levanta la cabeza. En algún momento de la noche ha vuelto a aplicarse el maquillaje y lo ha hecho de forma desastrosa. Ahora podría estar en el *Rocky Horror Show*, como travesti arco iris.

—Muy cansada —dice—. ¿Podemos irnos a casa?

—Llévala al coche —sugiere Shane—. Cuando los de tu sección se levanten puedes irte. Yo me encargo del resto. De todas formas la gente ya se está marchando.

Inspecciono la entrada. Es verdad. Son casi las diez y estamos a punto de cerrar. Sigue siendo un caos, pero al menos las mesas no volverán a ocuparse. Todo el mundo se irá a la siguiente fiesta, a la fiesta de verdad. Todo el mundo menos yo.

—Pon la calefacción en el coche y deja que duerma un rato en el asiento —me aconseja Shane—. Parece como si estuviera intentando dormir en el asiento de un avión, pobrecita. Yo me encargo de tus tareas.

—¿De verdad?

Las tareas de limpieza al final de la noche son tan largas. Hay que pasar la fregona y usar toneladas de lejía.

—Sí, venga, pírate. Te llevaré las propinas mañana al instituto —hace una pausa, frotándose las yemas de los dedos—. Bueno, la mayoría. Tengo que quitar un pellizquito para mí.

Sé que nunca haría eso.

Llevo a Wren al coche, la echo en el asiento trasero, la tapo con nuestros abrigos y enciendo la calefacción. El frío y el silencio son muy agradables después de horas y horas corriendo de un lado a otro.

—Pon el seguro y no te muevas —le ordeno—. Duérmete, terminaré en quince minutos.

Vuelvo corriendo al restaurante, llevo la cuenta y el guacamole a mis ahora semirritados clientes, me disculpo con Rachel y luego empiezo a rezar para que todo el mundo coma y se marche rápido. Me digo a mí misma que este es un pueblo pequeño y agradable, en el que no hay asesinatos, que Wren está a salvo y calentita en el coche, que en realidad no hay mejor sitio para ella y, además, no la verá nadie. Desde luego, no van a secuestrarla y desmembrarla ni nada parecido. Tomo la tarjeta de crédito de la mesa doce y corro todo lo que puedo buscando a Rachel para poder devolvérsela a la familia que espera sentada. Sus hijos también se están durmiendo.

Y es entonces cuando choco con Digby como si fuera una maldita pared y estoy a punto de caerme de mis absurdos tacones altos.

Se ruboriza mientras me mira.

—¿Qué haces aquí? —le pregunto—. Pensé que habías salido.

—Había salido… he salido. Solo he venido para ver cómo estabas.

—No tienes por qué. Estoy bien.

—Pero es el cumpleaños de Wren —me dice, como si eso pudiera explicar su presencia, como si eso tuviera algo que ver con él—. He aparcado al lado de tu coche, en la parte de atrás. El motor estaba encendido y pensé que estabas dentro. Wren está en el coche.

—Ya lo sé —replico tan bruscamente como puedo—. Estoy terminando. Saldré en unos minutos.

—Oye —Shane mira a Digby—. Necesito hablar contigo.

—Ya se marcha —respondo.

—No, no me voy.

148

—¿No te está esperando tu novia? —le suelto. Tenemos que gritar un poco porque la música está demasiado alta.

—Se ha ido a Parker's con Katrina —responde—. Eden está fuera con Wren.

Me dan ganas de llorar. Eden no me habla… y por lo tanto tampoco puede hablar con Wren. Además, si no fuera por toda esta locura, yo también estaría en Parker's. Estuve allí el último *Halloween*. Mi mayor preocupación entonces era si Digby encontraría o no la manera de desflorarme con mi disfraz de abejita.

—Apartaos —dice Val, que no es tan diplomática como Shane—. Estáis interrumpiendo el paso —Saca un par de cervezas de la nevera—. Estas son para la mesa seis, Lucille. Díselo a Rach. Venga, muévete.

Me dirijo al pasillo del baño para hablar con más tranquilidad, ya que no parece tener intención de marcharse.

—Debería haberme quedado con ella —comenta Digby cuando estamos solos. La música suena a nuestra espalda en lugar de atronar nuestros oídos—. Y es su cumpleaños.

—Wren no es tu problema.

Ha sonado fatal, pero no es lo que quería decir. Wren no es ningún problema.

Él hace una pausa.

—¿Ha llamado tu madre?

Niego con la cabeza porque no puedo hacer otra cosa.

—¿Ha escrito? ¿Ha enviado un regalo… algo?

—Deberías marcharte —le digo—. Yo solo quiero irme de aquí y llevar a Wren a casa.

Él mira a un lado y a otro. Que esté aquí, tan inseguro y vulnerable, me deja en un estado de trance. Aun así, intento defender mi territorio.

—¿Por qué estás aquí, Digby Jones?

Él adopta una expresión ausente, dolida.

Cuando no responde lo bastante rápido, insisto:

—Tengo que volver a trabajar. Tengo que terminar aquí.

—Estás preciosa —responde entonces—. De verdad.

—Vete —insisto, pero sin convicción.

Y entonces me abraza, su cabeza apoyada en mi cuello. Yo le devuelvo el abrazo y mis piernas se enredan en su cintura como siempre he querido, mi espalda contra la pared. Y Digby vuelve a besarme. Tan suave, tan, tan suave. Esta vez es diferente; no como descubrir algo nuevo, sino como volver a algo perfecto y familiar, al hogar que me gustaría tener.

—Mierda —susurra sobre mis labios. No podría haberle oído porque lo ha dicho muy bajito, pero he sentido que lo decía.

—¿Qué coño pasa aquí? —es Fred y parece a punto de sacar una de sus pistolas falsas para organizar un espectacular tiroteo.

Digby da un paso atrás. Yo bajo las piernas. Estoy palpitando por todas partes.

—Freddie...

—Acabamos de recibir a los últimos clientes de esta noche —me interrumpe y no puedo soportar su expresión, como si lo hubiera decepcionado—. Pero tú no has terminado aún. Vuelve al trabajo.

—Muy bien.

—Yo me encargo de Wren —Digby pasa al lado de Fred sin mirarlo a los ojos.

Eden y Wren están cantando *Coca-Cola fue a la ciudad** delante del coche de mi madre, cuando salgo veinte minutos después. Se dan palmaditas mientras menean las caderas, sonriendo de oreja a oreja.

Coca-Cola fue a la ciudad
Pepsi Diet le disparó
Dr. Pepper la recogió
Ahora bebemos Seven-Up
Seven-Up tuvo la gripe
Ahora bebemos Mountain Dew
Mountain Dew se cayó de la montaña
Ahora bebemos de la fuente
La fuente se rompió, la gente se atragantó
Ahora volvemos a beber Coca-Cola

A Eden y a mí nos encantaba ese juego. La que terminase antes podía darle un golpe a la otra. Se están dando

---

* Canción infantil estadounidense. Los personajes son marcas de bebidas gaseosas.

en la frente ahora, y Eden deja que Wrenny gane. Acepta el golpe como una campeona, sonriendo.

Eden me ve de pie, junto a la puerta y no sé lo que está pensando. Normalmente podía leer sus pensamientos, con eso de que compartimos un cerebro y tal, pero en las últimas semanas es como si hubiera erigido una gran muralla entre nosotras. Es curioso que, cuando has hecho algo malo o te has peleado con alguien, de repente ese alguien se vuelve aterrador, un desconocido. Aunque conozco a Eden desde siempre, aunque es mi mejor amiga y siempre será mi mejor amiga, ahora mismo me da miedo. Me da miedo porque temo que ya no me quiera.

—Lo siento —me disculpo.

Eden se encoge de hombros.

Digby se apoya en el coche.

—Gracias —les digo a los dos—. Por cuidar de Wren. Otra vez.

Él no me mira.

—¡Feliz cumpleaños, Wrenny! —Eden le da un gran beso en la mejilla—. Pero la próxima vez te ganaré.

—¡Nunca me ganarás! —cacarea ella.

Eden desliza la mano por mi hombro antes de subir a la camioneta.

—Vamos, Dig, no querrás dejar a Elaine sola tanto tiempo. Le dará un ataque de nervios.

Y me parece que lo ha dicho para hacerme daño.

—Muy bien. Feliz cumpleaños, Wren. Siento mucho que no hayamos podido estar juntos hoy. Te llevaré a hacer *truco o trato* el año que viene, lo prometo.

—¿De verdad? ¡Qué bien! Entonces cumpliré once, ya sabes —dice Wren mientras sube al coche.

Él se queda rezagado.

—¿Por qué haces eso? —le preguntó—. Dejar que haga planes contigo así... se va a hacer ilusiones para nada.

—No era mi intención. La llevaré el año que viene.

—¿De verdad? ¿Vas a volver de la universidad para llevar a la hermana de tu amiga a recoger caramelos?

Digby se pone tenso.

—Maldita sea...

—No necesita perder a nadie más, ¿lo entiendes?

—Sí, lo entiendo. Soy un zoquete.

—Sí, lo eres.

¡Un zoquete mentiroso!

Creo que va a escabullirse porque he hecho que se sienta mal, pero en lugar de eso se acerca un poco más y me abraza. Tiemblo por todas partes, tan atrapada entre el deseo y el dolor que creo que no voy a poder escapar nunca. Me agarro a él con fuerza, solo pensando vagamente que la gente podría estar viéndonos hacer cosas raras, que cualquiera podría pasar por allí y vernos.

—Abrígate esta noche —me aconseja—. Al parecer se acerca una tormenta de hielo.

—Sí, vale. Haré lo que pueda.

Cuando sube a *La Bestia*, Eden me mira por la ventanilla mientras se alejan. Me mira detenidamente.

Casi hemos llegado a casa, Wren cantando, del todo despierta después de ver a Digby y Eden. El móvil empieza a vibrar en mi regazo. Había olvidado por completo que lo llevo en el delantal. El corazón me late desbocado. Paro el coche y saco el móvil de debajo de un montón de pajitas y servilletas. No reconozco el número.

—¿Mamá?

Wren se incorpora de inmediato, en silencio. No me enfadaría con mi madre. Ahora lo sé. Deseo tanto que sea ella, tanto. Hay una pausa, una voz temblorosa al otro lado. Se me encogen las tripas.

—Ah, hola, papá —su voz áspera parece un trueno—. No, no está aquí ahora mismo.

—Tu madre es tan gorda… —canturrea Wren desde el asiento de atrás.

Día 72

Voy al centro de rehabilitación al día siguiente, aunque la tormenta de nieve de la que habló Digby llegó y lo cubrió todo de prematuro invierno, como nítido cristal soplado. Han echado sal y las carreteras no están tan mal. De todas formas, ha salido un poco el sol y lo está derritiendo todo.

Cuando atravieso una puerta con un letrero que dice CASA COLUMBINE no huele muy diferente al colegio de primaria; bueno, menos a zumo de manzana y más a gente que necesita algún tipo de terapia. Si yo tuviese que decorar un sitio como este habría pequeñas fuentes, sofás suaves y elegantes, colores subidos, nada de cuadros horteras en las paredes. Habría cosas en las que apoyarse, sobre las que dejarse caer.

Mi padre ha estado viviendo aquí, en esta casa. Mientras yo lucho ahí fuera, él se está levantando y cepillándose los dientes y hablando con gente, probablemente yendo a un grupo de terapia, lamentando cómo hemos destrozado su vida. ¿Cómo será que te lo quiten todo así, ser solo un tipo con una habitación, una cama, un compañero de cuarto? A lo mejor es un alivio no tener que pensar todo el tiempo, sentarse en un círculo y hablar sobre cosas o escuchar a otras personas hablar sobre sus problemas. Yo me echaría muchas siestas. Leería todos esos libros de los que Eden habla siempre. ¿Pero qué hace él? Tal vez ahora le interese la religión.

Hay tantas cosas que no me había preguntado hasta ahora. Estaba demasiado ocupada preocupándome por mi madre, por Wren, por Eden, por Digby. Y resulta que durante todo este tiempo mi padre ha estado a cuarenta y cinco minutos de distancia. Ni una sola vez había pensado en ir a buscarlo. No hubiera sabido dónde ir, y además, después de la última vez que lo vi no parecía que tuviese muchas razones para buscarlo.

—¿Cómo te llamas, cariño? —pregunta la encargada, con espeso acento de Filadelfia, tirando de mi dedo meñique con sus ásperos dedos. No sé si lleva mucho rato hablando conmigo.

—Lucille —respondo—. Lucille Bennett —Observo su enorme busto floreado. ¿Cómo ha logrado ser la encargada de este sitio? Lleva un vestido de flores, un anillo de flores, un collar de flores a juego, flores falsas en el pelo. En serio. Cinco minutos más mirando esto y me volveré loca—. He venido a ver a mi padre.

—No me digas. ¿Eres la hija de Tony Bennett?

Parece amable, pero es la versión tropical de la bruja con la que tenía pesadillas de pequeña, y ahora suelta una risotada a juego. Por enésima vez dese que llegue aquí, me siento aliviada por haber dejado a Wrenny con Shane.

—Sí.

—¡Esta sí que es buena!

—Pues sí.

—Tony Bennett —se ríe entre dientes—. Y canta y todo.

—Menuda coincidencia, ¿verdad? —No sé cómo me ha salido, pero eso hace que levante el teléfono.

—¿Tu padre sabía que ibas a venir? No me lo ha dicho.

—Sí —Soy un espacio vacío—. Bueno, le dije que lo intentaría. Él me dijo que esta era la hora de visita.

¿Y si no quiere verme hoy? ¿Y si anoche sí quería, pero sufre cambios de humor? No lo he pensado bien.

—Espera un momento, voy a buscar a Carlos. Es mi mano derecha, él te llevará a nuestra sala de reuniones.

Debo de parecer alarmada porque añade:

—No te va a pasar nada. Todo el mundo quiere a tu padre. Buen tipo. Eres afortunada.

—Lo soy —asiento. Y suena como una pregunta.

El suelo es beis, con sillas a juego. Es como si supieran que aquí no hay esperanza y todo está decorado para la ocasión.

Cada paso que doy me va vaciando un poco más hasta que estoy llena de nada, una cabeza hecha de diez mil globos. No puedo sentir el corazón, el estómago ni los labios. Esto es lo que pasa cuando algo es irreal. El tipo que me acompaña tiene una forma peculiar de caminar y, aunque la gente que pasa a nuestro lado ríe con disimulo y hacen comentarios, no lo hacen en voz alta. Creo que este tipo es la razón.

— ...Carlos —dice—. Si necesitas algo, llámame. Para eso me tienen aquí. Pero no pasará nada, tu padre está bien.

La sala es del tamaño de un escobero, con los mismos colores enfermizos y sillas incómodas. Miro alrededor y luego arrastro una silla y me pongo de espaldas a la puerta. Mi padre nunca se sentaría de espaldas a una puerta, especialmente aquí, seguro. Quiero retrasar el momento de mirarlo a la cara todo lo posible. El mayor tiempo posible.

En realidad, nunca fue un padre normal. Llevaba chaquetas de cuero. Le encantaban grupos como *Fishbone* y *Bad Brains* y cuando ponían música pop en la radio actuaba como si alguien estuviera personalmente intentado estropearle el día. Bebía cerveza en el porche mientras todos los demás bebían vino. Decía palabrotas. Muchas.

La puerta se cierra tras de mí. No me muevo en absoluto.

Mi padre se sienta frente a mí y lo primero que pienso es lo guapo que es. Había olvidado sus grandes ojos castaños, sus mejillas hundidas, lo enorme que es, sus hombros. Cuánto se parece a Wrenny, qué poco a mí. Pero parece como si hubiera envejecido. Tiene pelos grises en las patillas. Eso es nuevo.

—Hola, Tigerlily* —Él es la única persona que me llama así. Porque soy en parte animal, en parte flor, dice.

---

* Tigreazucena.

Pone una mano sobre la otra y luego empieza a tamborilear con los dedos sobre la mesa.

No me da miedo como había pensado.

—Hola.

La eternidad vive en las pausas.

—Bueno —empieza a decir, inclinándose hacia delante por fin—. ¿Cómo estáis, chicas? ¿Cómo está tu madre?

—¿No has hablado con ella?

—No —Vuelve a echarse hacia atrás, las rodillas abiertas, comiéndose el espacio a su alrededor. Evidentemente, no sabe nada—. No he hablado con ella. Lo he intentado, pero su buzón de voz está lleno.

—Ella intentó hablar contigo. Muchas veces. Antes.

—He llamado —insiste él.

—Pediste que no nos dijeran dónde estabas.

—Necesitaba un poco de espacio.

Vuelve a tamborilear con los dedos sobre la mesa y suena como BING BONG BONG dentro de mi cabeza. Todo aquí es un millón de veces un millón. Todo se magnifica.

—He llamado —dice él entonces— cuando he podido hacerlo.

¿Cuando ha podido qué? ¿Verme cara a cara? ¿Aceptar que puso las manos en el cuello de mi madre y la arrastró? ¿Por qué demonios estoy aquí?

—Entonces, tu madre…

—¿Sí?

—¿Está bien?

—Sí —respondo— está bien. ¿Qué voy a decirle? ¿Y le

importa de verdad? Dijo que no la quería. ¿Entonces yo qué, nosotras qué?

—¿Estáis bien de dinero? Quiero decir, ¿tu madre tiene trabajo?

—En un restaurante.

Él asiente.

Mi madre. Enfermera/camarera/a saber qué. No pasa nada. Su fase de negación me viene bien

—¿Entonces todo el mundo está bien?

—Sí, claro, estupendamente. La casa es una fiesta de película.

Él deja escapar la risa más inoportuna del mundo y es más grande que el escobero.

—Ya, imagino que era una pregunta tonta, ¿no?

—Más bien. Pero eso es lo que tú querías escuchar, ¿no?

—¿Y Wren?

—¿Qué pasa con ella?

—¿Cómo está?

—Es la protagonista en la obra del colegio. Ahora se dedica al macramé y la flauta. Y los fines de semana hace patinaje artístico.

—Venga, Lucille. En serio, ¿está bien?

—Está bien —concedo—. Haciéndose grande.

—Pero no ha querido venir contigo, ¿eh? ¿Laura tampoco?

—Parece que no.

—Ya —Se echa hacia atrás en la silla e inclina la cabeza para mirar el techo—. Ya, supongo que es comprensible.

—Pues claro que sí —afirmo, aunque Wren se moriría si supiera que he estado aquí.

Yo también levanto la mirada. Hay manchas amarillas en el techo. Deberían intentar taparlas con algunas de las frases célebres de Eden. O podrían inventárselas, tal vez. La gente perturbada tiene muchas cosas interesantes que decir y esa gente es la que vive en centros de rehabilitación, ¿no? Gente perturbada.

—Jo —dice, sin dejar de mirar el techo— estás siendo un poco dura conmigo. Tú sabes que hago lo que puedo aquí, ¿verdad?

No puedo evitar mirar sus manos. Son tan grandes. Manos para abrazarte y columpiarte por encima de su cabeza, para acariciar las cuerdas de un bajo, aumentar el impacto de la música; manos que te guían y te hacen sentir segura. Manos que hacen daño. Poderosas.

—¿Por qué vives aquí? —le pregunto—. ¿Por qué no has vuelto o te has ido a algún sitio más interesante?

Empieza a tamborilear sobre su propio torso.

—No estoy preparado para salir ahí fuera. Creo que aún no soy lo bastante fuerte. Sufrí una crisis nerviosa. Esta es la opción que me dieron y me pareció la más adecuada. Sé que es difícil de entender…

—No, en absoluto. Quiero decir, qué bien para ti.

Se le escapa un silbido.

—Venga, Tigerlily, dame otra oportunidad —sus ojos intentan demostrarme que es inofensivo—. Vamos a dar un paseo.

Es una sugerencia tan ridícula que acepto.

—¿Puedes pasear por aquí?

Él se ríe.

—Sí, claro. Ya no estoy encerrado, solo bajo supervisión. Hay unas reglas, pero sí, podemos dar un paseo.

Mientras nos dirigimos al jardín, él mira a Carlos, que camina unos pasos por detrás.

—¿Sabes qué es lo peor?

—¿Eh?

—Que no me dejan beber aquí. No debería ser tan importante, pero es casi lo suficiente como para que a veces quiera liarme a golpes. Hay días en los que daría cualquier cosa por una cerveza bien fría.

—Jolín, papá.

—Mira, siento decepcionarte, pero aquí uno pone en orden sus prioridades rápidamente.

Creo que está intentando hacerse el gracioso, pero no tengo paciencia para eso. Freno de golpe. Mis pies patinan en el suelo y me doy la vuelta justo antes de llegar a las puertas que llevan al jardín.

—¿Qué? —Levanta los hombros—. ¿Qué pasa?

—¿Esa es tu prioridad? —Tengo que hacer un esfuerzo para no lanzarme sobre él—. ¿Crees que puedes despacharme con un par de preguntas sobre cómo están las cosas en casa y luego ponerte a hablar de cerveza?

Sus ojos se encienden y después se empañan. Está desequilibrado. Lo veo intentando controlar su ira. Me da igual.

—¿Qué pasa, Tigerlily? ¿Ocurre algo? —Se atreve a poner una mano en mi hombro. Está intentando acorralarme y eso me cabrea—. Puedes contármelo.

Parece un hombre, pero lo único que veo delante de mí es un niño. Y no tiene derecho a eso.

—No me toques —le espeto—. No me pongas las manos encima.

Él la deja caer.

—Oye, relájate. Solo estoy intentando dar un paseo con mi hija, a la que llevo sin ver cinco meses. Eso es mucho tiempo. Te he echado de menos.

No puedo escucharlo. Está retorciéndolo todo para acomodarlo a su realidad, haciendo que parezca culpa mía. Cuando pienso en todas las veces que mi madre volvió de la clínica llorando porque no la habían dejado entrar. Y que él no le dijera dónde iba…

Me acerco a Carlos.

—¿Por qué está aquí? —le pregunto.

Él mira alrededor.

—Por la tranquilidad. Es un buen sitio para aclarar tus ideas.

—¿Ah, sí? —Me vuelvo hacia mi padre, que está mirando desde la puerta—. No creo que estés tan perturbado. Creo que eres débil y que todo esto es un engaño, una forma de evadirte.

—Sé que es duro estar aquí —interviene Carlos—. Tal vez deberías volver cuando estés menos agitada. No es bueno para la gente oír gritos. Es un desencadenante.

—Ya, ya. Lo sé, calma —Respiro—. Tienes razón. Me gustaría irme, por favor.

Carlos me lleva hacia la puerta, pero me vuelvo para mirar a mi padre.

—Haz terapia de verdad. Intenta entenderte a ti mismo. Descubre cómo contar la verdad y aceptar tu responsabilidad. Lo que le hiciste a mamá, cómo nos trataste, las cosas que dijiste, nada de eso estuvo bien.

Él hace una mueca, pero no dice nada.

—¿Y sabes una cosa más? Mientras estás en ello, crece un poco.

Día 73

No me aparto del teléfono durante todo el día siguiente. Paseo de un lado a otro. Saco cacerolas y sartenes de los armarios y luego vuelvo a colocarlas en diferente orden. Empiezo mensajes para Digby. Estoy segura de que él podría ayudarme a entender todo lo que ha pasado. Pero luego pienso, ¿y si está con Elaine? ¿Y si están uno en brazos del otro?

Pero necesito…

Necesito algo. Miro los nombres en la agenda del móvil, toda la gente a la que podría llamar, pero siempre vuelvo a Eden. Eden. Eden.

Me tocó el hombro. A lo mejor puedo llamarla. Tal vez ya no me esté prohibido hacerlo.

Wren ha estado deprimida desde que mi padre llamó. Solo escuché la mitad de la conversación, pero lo suficiente como para saber que a ella no le dijo más de lo que me dijo a mí.

Lo que dijo. Lo que no dijo. Lo que no dijimos.

Normalmente estoy contenta los domingos, ya que no

tengo que trabajar y puedo concentrarme en la casa y en mis deberes, pero hoy es un día triste, pesado otra vez. Ni siquiera soy capaz de pintar.

Por fin, temblando, tecleo unas palabras en el teléfono y pulso *Enviar*.

Está hecho, me digo a mí misma. Aunque no recibas una repuesta, pulsas *Enviar* y luego ya veremos.

Mi madre no ha llamado. No apareció milagrosamente en la puerta. Se perdió el cumpleaños de Wren. Mi hermana no quiere hablar de ello, por mucho que yo intente dejar las opciones abiertas, como dijo la señora LaRouche. Creo que estaba deprimiéndola más al insistir en el tema, así que por fin lo dejo y vemos la televisión durante todo el día. Ahora sé cómo hacer un montón de platos para toda la familia.

Las dos nos quedamos dormidas mientras vemos *Pesadilla en la cocina*.

Y ahora Eden me ha despertado. Ha respondido a mi mensaje. Me levanto sigilosa de la cama, saco del armario de mi madre un par de vaqueros y una camiseta de algodón de manga larga.

Tal vez, tal vez haya sido perdonada. Tal vez me va a gritar, por Digby, por todo. Da igual. En cualquier caso, ya no estoy sola.

Vuelo a encontrarme con Eden.

Vuelo.

Salgo de casa de puntillas, cierro la puerta sin hacer ruido y luego la miro. Rezo en silencio para que Wren no despierte y se asuste y luego corro hacia el río. Estoy sudando bajo la chaqueta, corriendo, corriendo bajo el frío, pasando frente a los árboles desnudos y las casas tan familiares.

La Bestia está aparcada frente a la entrada del camino del canal. ¿Digby ha venido con ella? Todo mi cuerpo se sacude violentamente.

Cuando salgo del camino resbalo un poco. El hielo negro se esconde entre la tierra y aunque hay luna llena no puedo verlo. Me alegro de haberme puesto mis gruesas botas de nieve.

El vagón de tren está tan cerca, y antes de verla huelo su cigarrillo.

—¿Has venido sola? —le pregunto—. He visto *La Bestia*.

—Sí —responde ella, tirando la ceniza—. Él no está aquí.

—Lo sé —replico.

Ella apunta el humo hacia la luna.

—Eso.

Me siento a su lado. La luna es la más brillante que he visto nunca desde aquí. Los árboles son manos que intentan agarrarla, dispuestos a atraparla con largos y retorcidos dedos, pero se les escapa y sigue colgando ahí, fuera de su alcance.

—Es perfecta.

—Sí —asiente ella.

—¿Qué crees que le pasó al tren? ¿Cómo terminó este vagón solitario aquí junto al río?

—Pereza, probablemente —responde.

Voy dando pasitos cortos por el hielo hasta llegar a su lado, luego me siento.

—¿Se cayó y alguien dijo a la porra, déjalo ahí?

—Algo así.

—Espero que alguien hiciera algo realmente asombroso ahí dentro y luego decidió dejarlo ahí para poder venir cuando quisiera. A lo mejor algún enamorado.

—Jolín, Lucille.

Me encorvo sobre mí misma.

Nos quedamos sentadas un rato en silencio y la luna me baña con su luz hasta que me relajo. Toda mi charla interior se detiene, y estoy aquí, al lado de Eden, que me conoce y que tal vez milagrosamente me habla otra vez.

—¿Te acuerdas de ese poema de Dylan Thomas?

El pelo cae por su espalda, por debajo del gorrito negro.

Me encojo de hombros.

—Te acuerdas, sé que te acuerdas. El año pasado lo dimos en Literatura.

Siempre íbamos a esa clase juntas.

—Solo de las últimas dos líneas —digo. A la luz de la luna, sus ojos son de un perverso verde brillante—. *No entres dócilmente en esa buena noche. Enfurécete, enfurécete ante la muerte de la luz.*

Ella sonríe, apaga el cigarrillo.

—Me dejas de piedra. Te la sabes de memoria.

—Yo también me he quedado de piedra.

—¿Te has hartado de que suelte frases célebres?

—Las he echado tanto de menos...

La verdad es que había olvidado sus sabias palabras de otras personas, esa forma suya de ser apasionada y digna. La paz que siento, la calma, cuando estoy con ella. Había olvidado cuánto la necesito. Ella sabe que la vida es una almohada que tengo en la cara, casi, casi, ahogándome. Pero quien sea que está sujetando la almohada me deja respirar lo suficiente como para que no me muera. Casi había olvidado que cuando estoy con Eden ella aparta la almohada y puedo ver algo más.

A lo mejor todo el mundo tiene una almohada así.

Todo es más que una sola cosa.

Saca una botellita de algo y me la ofrece, luego se frota las manos enguantadas.

—Tequila.

—¿Sí?

—Mi madre ha hecho pastel de lima y tequila. Ha dejado lo que sobraba en la estantería y me parecía un desperdicio. Además, aquí hace un frío de muerte.

Me quema mientras baja por mi garganta y odio el sabor, pero me lo bebo de todas formas. Me calienta, me hace entrar en calor por todas partes. Todo se ralentiza y me acomodo en la roca.

—Bueno, ¿y tú qué tal? —le pregunto.

Eden abre los ojos como platos, se lleva una mano al corazón y me mira con cara de sorpresa.

—Venga, por favor.

—Hacía tiempo que no me preguntabas.

—Tengo muchas cosas en la cabeza.

—Ya —Toma un trago de la botella—. Lo sé. Mucho de todo.

—No —titubeo—. Eso no.

—Lo sé. Mucho de todo.

Mete una mano en el bolsillo interior y saca un paquete de *American Spirits*. Amarillo. Tarda un rato en encender el cigarrillo y sus dedos tiemblan un poco. Está fumando uno detrás de otro.

—Fui a la ciudad el otro día para tomar una clase con el Bolshoi —me cuenta.

—¡Madre mía! —me la imagino revoloteando impecablemente por el escenario—. ¡Eso es increíble!

—Lo hice fatal —Entonces le sale de dentro algo como una risa. Me recuerda a la risa-no risa de Digby.

—Eso es imposible.

—No, Lu. No lo es. Resulta que aquí soy espectacular...

—Es que eres espectacular.

—Aquí sí.

—¿Entonces qué?

—Que allí no soy genial. Allí apenas soy corriente.

—Pero eso no tiene sentido. Lo que puedes hacer, cómo te doblas.

—No es suficiente ni de lejos. Y según el profesor de allí, si no me pongo las pilas ahora ya puedo olvidarme del asunto. En años de ballet, ya soy prácticamente de mediana edad.

La miro de cerca. Tiene medias lunas moradas bajo los ojos y está más delgada de lo habitual. Huesuda.

—Lo siento, E —Le paso un brazo por los hombros

mientras ella continúa dando caladas. Es una sensación rara ser yo quien está protegiéndola—. Es culpa mía. Te he distraído.

—Esto no tiene nada que ver contigo, Lucille. Se trata de mis dotes.

Me quedo inmóvil.

—Tiene que haber una de tus frases célebres para esto.

—¿Si el ballet no era lo vuestro, perdeos en la oscuridad?

—No, otra —le aprieto el hombro—. Tiene que estar ahí.

Estoy empezando a sentirme un poquito mareada.

—Es tu turno. Dime qué tal va todo. Empieza por tu madre. ¿Alguna noticia?

—De ella nada —aparto el brazo—. Pero he visto a mi padre.

—¡Flipo!

—Ayer.

—¿Y?

—Él también es un estúpido de mierda. Vive en un centro de rehabilitación, evadiéndose de la realidad y soñando con cerveza. Me han tocado dos idiotas como progenitores.

—Pero molaba tanto…

Tomo la botella de tequila de la roca y me la termino de un trago.

—Lo siento —se disculpa Eden—. Lo que quiero decir es que, cuando éramos pequeñas, él no era tan estirado como los demás padres.

—Sí, bueno. Molaría si no fuese un padre.

—A mí siempre me pareció que estaba bueno, la verdad.

—Ah, agggggg.

—Sí, bueno, su atractivo ha disminuido considerablemente desde que hizo lo que hizo, pero me refería a antes. Cuando éramos pequeños yo estaba celosa. Tu padre tocaba la guitarra…

—El bajo.

—Vale, el bajo. Y patinaba. ¿Conoces a otro padre que pudiera hacer trucos con un monopatín?

—Es lo que tiene de californiano. O tal vez de niño.

—Como he dicho, estaba bueno.

Puaj. Ya está bien de esto.

—El tuyo me parece genial. Hace cosas de padre normal. Juega a la pelota y todo eso.

—Trabaja todo el tiempo, siempre ha sido así. Asoma la cabeza para informar de que ha hecho su aparición, pero es mi madre la que lo hace todo en casa. Ella finge que no le importa, pero yo sé que sí le importa. Tiene que dolerle. Yo creo que es por eso por lo que todo lo hace para nosotros.

—Al menos él no se desmorona a la primera señal de estrés.

—Ya —asiente Eden—. ¿Pero has pensado alguna vez lo que significa criar a una familia?

—¿Te refieres a la presión?

—¿Has pensado alguna vez que los seres humanos no están hechos para eso?

—Tal vez.

—¿Qué hombre es tan cobarde como para no preferir caer una vez en lugar de estar para siempre tambaleándose? La mayoría de la gente se tambalea durante toda su vida. No se dejan caer, nunca reciben el golpe. Sencillamente siguen adelante, intentando hacer lo que creen que debe hacer. Nunca tratan de descubrir qué es lo auténtico para ellos porque eso significaría ser valiente y la gente no lo es.

—¿Tú crees que lo eres?

—¿Qué?

—Una cobarde.

—A veces, supongo. Intento no serlo. ¿Y tú?

Pienso en Digby. En lo que hemos estado haciendo. En cómo hemos estado haciéndolo. Elaine. Todos esos besos se arremolinan en mí y de verdad no estoy segura de si lo que he hecho con Digby me hace valiente o cobarde. ¿Qué eres cuando estás haciendo lo que te pide el corazón?

Lo que diría si pudiera: *luz, es como la luz. Me pone una mano en el brazo y aún puedo sentirlo, Eden. Comimos bocadillos de carne y queso y se acordaba de mi comida favorita. Me puso música. Tiene los labios más perfectos del mundo, como seda. Me besa como si fuera un hogar. Cuando me ayuda, es la mejor ayuda. Cuando se marcha, estoy más sola que nadie.*

Suelto su dedo.

—Estoy tan jodida.

—Vaya, Fred's ha hecho maravillas por tu vocabulario, como me lo había imaginado.

—Lo digo en serio. No hagas chistes —Extraigo una esquirla de hielo a mi lado, la tiro al río—. ¿No es de locos

173

que con mi vida en pedazos sea tu hermano quien me da más problemas?

Ella me mira durante largo rato.

—No será fácil que la deje, ¿sabes?

Asiento con la cabeza.

—Tienen planes, una vida que han estado pensando. El año que viene irán juntos a la universidad si consiguen plaza. Puede que estén un poco… desconectados, pero le cuesta cambiar.

—Cambiar le cuesta a todo el mundo, Eden. ¿Y si fuera la verdad para él? ¿Y si *yo* fuese la verdad para él? ¿De verdad dejaría escapar eso por miedo, porque no quiere hacerle daño a nadie?

—Lo malo conocido, Lu. Él tiene que saber qué puede esperar.

—¿Porque es un cobarde?

—Porque es bueno. Una persona como Digby necesita algo constante.

Y yo no soy constante.

Suelto un bufido, porque si no lo hago me voy a poner a llorar.

—En serio. El mundo es un poco demasiado para él. La gente. Se siente destrozado por estar haciéndole eso a Elaine y no sabe por dónde tirar. Está dando vueltas y vueltas en círculos. Y la quiere, ¿sabes? Mucho.

—¿Habla de esto contigo?

—¿Por qué crees que me he alejado de ti?

—¿Porque estabas enfadada?

—Ay, Lulu. No, no era por eso. La noche que te sangró la nariz, la noche que te volviste psicótica, vi cómo te miraba, cómo estaba dispuesto a comprometerlo todo por ti. Yo, que te quiero tanto, ni siquiera estaba dispuesta a hacer eso. No quiero estar pillada entre vosotros. Esto es un lío, y él es mi hermano mellizo, la única persona que va por delante de ti. Cuando vi que estaba loco por ti tuve que elegir —Patea la roca con su bota—. Está tan desconcertado. Nunca lo había visto así. No le hagas daño, Lu —me dice—. Esto que hay entre vosotros lo está destrozando. Está jorobado por culpa de su buen corazón.

Asiento otra vez, sintiendo como si el suelo estuviera alejándose. Pienso en mi padre, en cómo se rompió. Tal vez todo somos quebradizos. Es solo una cuestión de qué puede rompernos.

—¿Lo quieres? —me pregunta—. ¿De verdad?

No creo que tenga sentido negarlo.

—Completamente.

—Entonces, lo mejor que puedes hacer por él es dejarlo ir. Ya estás estancada en algo demasiado complicado como para recuperarte.

—¿Él ha dicho eso?

—No, lo digo yo.

—¿Y entonces seguirán saliendo como siempre?

Ella se encoge de hombros.

—Encontrarás a otra persona, ya sabes. He oído en alguna parte que hay diez mil personas en la Tierra con las que cada uno de nosotros puede ser compatible. Él no es el único.

Todo en mí quiere protestar. No quiero encontrar a otra persona. Quiero a Digby. Y ella lo sabe, sabe que solo hay uno como él.

—Tienes suficientes problemas con los que lidiar sin él —Me recuerda Eden—. Ahora mismo, tienes que enfurecerte.

No tengo nada sin él. Nada. Nada más que la rabia, pero estoy cansada de ser un respirador humano, de que Digby sea mi único oxígeno. No puede ser bueno para nadie.

Eden saca el móvil de su cazadora de cuero y mira la hora.

—Mierda. Maldita sea.

—Eden.

—¿Sí?

—Siento mucho lo del ballet. Deberías insistir.

—Ah, lo haré. Pero ahora sé que no va a servir de nada —Me mira con los ojos entrecerrados— y no intentes decirme lo contrario. La negación es para los perdedores. Hay que enfrentarse a las cosas y seguir adelante. Si no, te vuelves viejo y deprimido y te conviertes en un ser aterrador cuyo problema más acuciante en la vida es cuándo puede cambiar las latas de Coca-Cola por las de Budweiser.

Me río.

—Es verdad, mira alrededor —Aplasta el cigarrillo y deja la colilla sobre la roca.

La recojo mientras ella se estira del todo, levanta las manos sobre su cabeza como si fuese a hacer una pirueta... y el tacón de su bota resbala en un trozo de hielo sobre la roca. Veo cómo pierde el equilibrio.

Está tambaleándose.

No se recupera. Sigue cayendo. Las suelas de sus botas no tienen agarre y no puede sujetarse y... cae con fuerza hacia atrás. Eden se golpea la cabeza con la parte puntiaguda de nuestra roca.

Me levanto a toda prisa para sujetarla. Ya ha caído. *Agárrate a mí*, le digo con mi mano. No lo hace. Está inconsciente, creo. Se desliza por la superficie helada de la roca. Yo estoy fría y caliente. Intento agarrarla, pero ya está lejos de mí.

Todo es silencio salvo el rumor del río, cuyas corrientes son más poderosas que el frío.

Eden acaba en el agua antes de que yo entienda lo que está pasando y tiene los ojos cerrados y el pelo flota a su alrededor.

Ofelia.

Salto de la roca. No resbalo con el hielo. Ni una sola vez, ni siquiera un poco. Chapoteo en el agua y es como un cuchillo que me apuñala por todas partes a la vez, diez cuatrillones de agujas clavándose en mi piel. Tengo que salir del agua. Tengo que adentrarme más, llegar hasta ella. Me quito las botas bajo el agua. Se está alejando, flotando en silencio. Grito y grito otra vez y el grito no va a ningún sitio.

Mi grito se lo traga la oscuridad de la noche.

Quiero mi espada y mi escudo, y quiero salvar a Eden porque es amor para mí, pero no tengo ninguna de esas cosas ¿y cómo me ayudarían a luchar contra el agua? Antes podía verlo todo y ahora no veo a Eden en absoluto. La corriente se la lleva hasta una curva del río y. Voy. A. Agarrarla. Entonces el río pasa a través de mí, me empuja hacia ella. Puede que me ahogue y soy lo único que tiene Wren y ya no puedo verla... y entonces la tengo. Tengo a

Eden por el cuello de la chaqueta de cuero. Grito mientras la sujeto y nadie puede oírme y me duele la garganta. Tiro y tiro, el río contra mí ahora, hasta que toco unas rocas en la orilla. Resbalo. Hielo. Roca. Agarro. La tengo y tiro tan fuerte y mi cuerpo está entumecido y Wren está sola en casa y tiro. La saco. Sin aliento.

Mi teléfono.

¿Dónde está?

No puedo llamar a la policía, la ambulancia.

Estoy haciendo todo.

Todo mal.

Estoy temblando, temblando, y bajo la cremallera de su chaqueta para sacar las llaves de Digby del bolsillo interior. Intento tirar de ella, pero no hay manera. Subo a la orilla y corro, ahora resbalando por el hielo sin las botas, hasta que llego a la calle, mi cuerpo ardiendo de frío. Todo es tan familiar. Conozco cada paso, cada coche aparcado en la calzada. Corro hacia *La Bestia*, pero me tiemblan tanto las manos que no podría llegar a la comisaría. Demasiado lejos. ¿A qué casa voy?

Eden sola. Wren sola. Yo sola.

Digby.

Esta puerta. Esta puerta es de la señora que en verano atiende su jardín durante todo el día con un enorme sombrero rosa. Golpeo con todo mi cuerpo. Golpeo con el puño bajo el cartel que dice SI LA CASA SE QUEMA, POR FAVOR SALVEN AL GATO. Hay un gato leyendo un libro y eso me hace temblar más. La puerta tarda un millón de años en abrirse.

Sale la señora y lleva una bata rosa del mismo color

que el sombrero y dice: «Ay, Dios mío» mientras abre la puerta. Estoy temblando y pongo las manos mojadas sobre ella y mi cuerpo cae sobre el suyo, tan suave, y me estremezco. Llame, llame al 091. Por favor. Mi amiga, mi mejor amiga se está muriendo. Mi mejor amiga se ha golpeado la cabeza contra una roca y se está muriendo.

Por favor, grito con todo lo que tengo al rostro rosado y al hombro de su bata rosa, para que me oiga, para que por fin alguien me oiga. Llame.

Día 1

Coca-Cola fue a la ciudad
Pepsi Diet le disparó

Aprieto la mano de Wren.

El respirador artificial que introduce oxígeno en los pulmones de Eden hace *shakaaawah, shakaaaawah, shaka-aaah* y su cabeza está cubierta de vendas blancas. Le han hecho agujeros en el cráneo para aliviar la presión de la hinchazón, pero no se ha despertado. Está en coma, no hay daño cerebral permanente según lo que han visto en el escáner, y ahora solo queda esperar.

Janie me ha traído ropa y zapatos después de llevarse a Digby para recoger su camioneta, así que soy Eden de la cabeza a los pies.

Digby desliza un brazo por mi cintura, nuestros problemas personales olvidados. Estamos ahí al lado de la cama, Digby, Wren y yo. Janie y John están en algún sitio, hablando con gente sobre cosas importantes. Es difícil pillar pensamientos. Todo está a la deriva. Todo mi pecho es un dolor. Han empezado a llegar flores, añaden color y roban espacio.

—¿Por qué no vas a comer algo a casa? —sugiere Janie cuando vuelve.

John le ha pasado un brazo por la cintura. Creo que nunca los había visto así, abrazados.

—No te preocupes, Janie, despertará —dice Wren, mirando a Eden, que parece tan, tan pequeña bajo una manta rosa. Ella odiaría esa manta. Yo odio esa manta. Creo que nunca volverá a gustarme el rosa—. Es fuerte.

—Sí, cariño, es fuerte —asiente Janie—. Pero aun así...

—No —insiste Wren—. No es como la gente normal. Es superfuerte.

Janie empieza a llorar.

Después de conseguir que una chica del turno de fin de semana llamada Delaney cubra mi turno en Fred's, vamos a casa de Eden a cenar, como ha dicho Janie. Ella me lleva hacia *La Bestia* con Digby. La palanca de cambios sube a primera, baja a segunda, sube a tercera. Llegamos estruendosamente al camino de entrada, con John detrás en su brillante camioneta negra.

¿Cómo ha pasado un día entero cuando el último no fue a ningún sitio? ¿Cómo es posible que pueda seguir despierta? Estoy tan cansada que apenas puedo sentir los pies y quiero tumbarme en la cama de Eden y enterrar la cara en sus mantas. Quiero llevar a Digby a una esquina conmigo y besarlo para saber que aún sigo aquí. Todos esos deseos están tan mal como todo lo demás, así que me limito a sentarme a la mesa.

La casa de Eden está llena de guisos y pasteles, y solo han pasado un par de horas. *Calentar a 350 durante cuarenta y cinco minutos,* dice una nota arrugada en medio de la mesa. La caligrafía es ondulada, hecha con cuidado, como si alguien se hubiera esmerado mucho para escribir esas pocas palabras. Como si hubiera pensado: tal vez mi vieja receta familiar de lasaña podrá aliviar un poco vuestro dolor.

Sigo esperando que alguien me grite, pero nadie lo hace. Aunque deberían. Nadie come salvo Wren, que está delante de la televisión mirando la serie de dibujos *Adventure Time.* El pegajoso queso se coagula alrededor de la carne picada con champiñones en el centro de la mesa y en nuestros platos, y todos nos quedamos allí sentados. Digby, John y yo. Hay demasiadas sillas vacías. La mesa es demasiado grande.

BC está dando vueltas alrededor de sí mismo como si no tuviera ningún sitio al que ir. Nadie habla. Podría oírlos masticando si alguien estuviera comiendo. Todo está silencioso salvo por los dibujos de Wren, e incluso ese ruido es absorbido por los muebles, como mis gritos fueron tragados por el agua.

Y entonces la persona con la almohada empieza a empujar con grandes y diabólicas manos. Un grito está a punto de escapar de mí. No puede pasar ahora, con esta gente esperando y esperando. La silla se tambalea cuando me levanto.

Apenas tengo tiempo de recorrer el pasillo y entrar en el baño antes de que llegue, silbando como si mis pulmones estuvieran intentando escapar de mi cuerpo. Es demasiado ruidoso y pulso el interruptor que enciende el ventilador, abro el grifo. Incluso tiro de la cadena mientras me sujeto a un lado del lavabo, esperando que pare, pero no es así. Sigue saliendo, pero no hay lágrimas y todo parece estar alejándose, confundiéndose.

Y entonces empiezo a vomitar todo el vacío que hay dentro de mi estómago. Noto el sabor del tequila y el humo del cigarrillo de Eden, como si el tiempo fuese hacia atrás. Y luego solo es bilis, solo chorritos de nada. Me limpio la boca y me incorporo.

Miro alrededor. Las toallas suaves de color lavanda, el papel pintado de rayas lavanda y crema, el lavabo especial que parece estar flotando en una bandeja de cristal, el dispensador de jabón blanco de cerámica. El vaso para cepillos de dientes a juego, con dos cepillos dentro. Una maquinilla de afeitar que debe de ser de Digby, y gel de afeitar que es ¡fresco invernal y garantiza suavidad sin cortes! El joyero de madera en forma de corazón que contiene las cosas favoritas de Eden. El neceser donde guarda la cinta del pelo para lavarse la cara y su jabón. Todo aquí es suave, cálido y limpio.

Y los pendientes de Eden están a un lado del lavabo, sobre el cristal flotante. Son los largos de plata que compró durante las vacaciones en Nuevo México el año pasado. Los lleva todo el tiempo. Estaban en sus orejas, enganchados en su piel. Tal vez incluso se los quitó antes de enviarme el mensaje con la intención de volver a casa y meterse directamente en la cama.

Paso los dedos por el metal aplastado. Está caliente. Me gustaría no poder ver con tanta claridad.

Me seco los ojos y me sueno la nariz, intento respirar de forma equilibrada de verdad. Llevo un chándal y una sudadera con capucha y sigo teniendo frío, como si el río me hubiera seguido hasta aquí y siguiera penetrando en mi piel, como si nunca fuese a dejarme escapar. ¿Algún día volveré a tener calor?

Eden tiene que despertar.

No quiero asustar a Wren cuando salga, aunque ya nos ha visto a todos llorando, así que me echo agua en la cara y me seco con una de las toallas, respiro largo y hondo, levanto los hombros y entonces estoy lista.

Abro la puerta intentando no hacer ruido y Digby está apoyado en la pared del pasillo. Su rostro tiene un aspecto demacrado, pálido, y con mi clara visión veo que sus ojos son de ese color que a veces ves en los anuncios de viajes a islas lejanas. Y tiene esas pecas, como si alguien las hubiera puesto allí, una por una, con mucho cuidado. Como si alguien hubiera tomado un pincel y hubiera dicho: «Esa estará perfecta ahí mismo, y esa otra ahí». Y luego está el ángulo, la forma de él contra la pared. Su torso ocupa tanto espacio, es delgado pero no lo es. Y su ropa, cómo le cuelga, es como si hubiera sitio para otra persona, como si hubiera demasiado espacio y parece cómodo, como si estar con él, a su lado, fuese tan bueno. Sus ojos brillan ahora, tan abiertos, y no están haciéndome preguntas, ni siquiera me dicen nada. Solo me miran como si lo vieran todo.

—Lo siento.

—¿Por qué lo sientes? —su voz es profunda, como si se restregase contra sí misma—. Tú la salvaste.

—Yo era la razón por la que estaba allí. Debería haberlo sabido.

Me da una patadita en la espinilla.

—Calla. Tú no resbalaste. Esas cosas pasan.

—Ya, desde luego. Pero siento mucho haberla dejado caer.

Sus hombros empiezan a temblar. Se queda apoyado en la pared, pero abre los brazos y lleva una sudadera con capucha como la que Eden lleva siempre, como la que llevo yo. Y entonces estoy apretada contra él, mi cara en su torso, sus brazos alrededor. Y es una almohada, pero de un tipo diferente, una en la que puedo dejarme caer. Una que me atrapa, me sujeta y no me ahoga, pero sé que él está cayendo ahora también. Lo empujo contra la pared como si quisiera que la atravesase y él me abraza con más fuerza y yo quiero que me apriete más aún.

Pensaba que sería capaz de mantener la calma, pero algo en él, algo en este capullo en el que me envuelve, rodeada de negro, con la presión de sus brazos en mi espalda, hace que salga todo.

Su corazón late contra mí como si estuviera luchando para encontrar aliento, como si se hubiera vuelto salvaje y quisiera escapar. Quiero meterme dentro de su pecho y sujetarlo con mis manos. Quiero quedarme aquí para siempre.

Toco su mejilla. Deslizo la mano por todo su brazo. Su cara esta húmeda y tiro de la manga de mi camiseta para cubrir mi mano y secar sus lágrimas como haría con Wren. Él sujeta mi muñeca para que lo toque más.

—Estaba allí, hablando conmigo, y entonces se quedó muy quieta —digo, deslizándome por la pared. Él se desliza conmigo—. Todo fue tan rápido. Pensé que podría ser como Juana de Arco.

—Eres Juana de Arco. La sacaste.

—Pero quizá no lo bastante rápido.

—Habría muerto a causa del golpe que se dio en la nuca si no te hubieras tirado al agua a rescatarla.

Le doy un codazo y él me lo devuelve. Los dos sabemos que Eden estaría en el salón ahora mismo si yo no le hubiera enviado el mensaje, pero agradezco tanto su bondad.

Suena el timbre de la puerta y John va a abrir.

Una voz dulce y entrecortada dice: «Siento mucho no haber venido antes. Estaba sin cobertura y acabo de enterarme de la noticia».

Digby se endereza.

Elaine.

Hace tantos años

Cuando nos mudamos aquí yo sabía que había niños en la casa de al lado. Los oía correteando arriba y abajo por la escalera, discutiendo con sus padres, riendo todo el tiempo. Olía a comida, a cosas como beicon y tal vez pasteles. Si me ponía en un sitio determinado podía oír el agua del baño o de la ducha, podía oírlos cepillándose los dientes. Merodeaba por la casa esos primeros días, descubriendo a Digby y Eden, aunque entonces no sabía que eran ellos. Tardé un tiempo en encontrar valor para aventurarme fuera de la casa. El aire parecía pesado y extraño comparado con la agradable sensación térmica a la que estaba acostumbrada en California. Era helio.

Es su pelo lo primero que recuerdo, el día que por fin salí al porche. Ese color, como si un trocito de crepúsculo hubiese caído sobre su cabeza. Y los chicos chocando unos contra otros mientras jugaban a la pelota al otro lado de la calle. Algo se arremolinó dentro de mí.

Digby era amable mientras jugaba con los amigos que continúan siendo sus amigos. Él no empujaba ni in-

sultaba como otros chicos. Solo corría, regateaba y zigza-
gueaba como si estuviera haciendo justo lo que tenía que
hacer, como si fuera alguna especie de árbol, largo y elegante.

Fue entonces cuando llegó la voz del porche colindante:

—¿Vives aquí?

Asentí con la cabeza.

—Antes había una señora. Está muerta.

—Mi tía.

Ella pareció considerar esa información, luego la re-
chazó como irrelevante.

—En esta manzana solo hay chicos —La chica flaquí-
sima señala el otro lado de la calle—. Ese es mi hermano,
Digby —Me muestra su irregular dentadura, mitad dientes de leche mitad de adulta. Una sonrisa tan bonita—. Y
me llamo Eden.

Día 2

Instituto.

No son las flores lo que me afecta, ni siquiera las velas, sino cuántas hay. Uno diría que Eden está muerta. La gente me asombra; cómo necesitan lanzarse sobre cualquier tragedia o incluso cualquier posibilidad de tragedia como si les perteneciera. No pueden dejarlo estar cuando tienen la oportunidad de involucrarse en algo. Facebook y todo eso empeora las cosas.

Aunque mi teléfono era un asco y no tenía conexión a internet, ahora casi me alegro de haberlo perdido, aunque eso significa que si mi madre intentase…

¿A quién quiero engañar? Ni siquiera va a intentarlo.

Hay tarjetas y fotos en la taquilla de Eden y grafitis en la pared de al lado. ¿Quién ha hecho todo esto? ¿A qué hora han llegado? Me gustaría leer todo lo que dicen, pero no lo hago porque siento como si todos estuvieran mirándome y eso hace que me dé cuenta de cómo escapo de todo sin ser vista, cuánto me gusta que nadie me vea o que intenten no verme. Es como al contrario de cuando mi padre perdió la cabeza en la calle. Él me otorgó el don del anonimato, mi cualidad repelente. Nadie quiere saber nada de la hija de un loco.

Pero dales un coma y puede pasar cualquier cosa. Es como tirar trozos de carne a un montón de tiburones hambrientos. Casi espero que todos los que participan en este espectáculo escenifiquen una versión del *Kumbayá** y pienso que eso haría que acabase zumbada. Pienso que ya estoy un poco zumbada.

«Tocada», solía decir mi madre.

Sin tocar. Demasiado tocada. A veces es difícil saberlo.

A veces uno tiene que darse la vuelta, y eso es lo que quiero hacer ahora.

Mientras recorro el pasillo, me abro paso entre la creciente multitud como un pez raro que salta contra la corriente, intentando no tener pensamientos exageradamente hostiles sobre amigos falsos. Elaine se acerca a mí y cuando hacemos contacto visual estoy perdida. Darme la vuelta y enfrentarme con la locura o hablar con ella. No hay sitio donde ir.

—¿Te puedes creer esto? —me pregunta.

—Es un disparate.

—La gente es así, supongo.

---

* *Kumbayá* (del inglés «come by here», ven acá) es una canción tradicional afroamericana. En la cultura popular estadounidense la canción se asocia con la cercanía y el abrazo. La canción fue compuesta alrededor de 1930. Originalmente fue una canción de *soul*. Y alcanzó una gran popularidad en los años sesenta del siglo xx, durante las luchas por los derechos civiles de los afroamericanos.

Busco señales de que Elaine sabe algo y encuentro esto en cambio: agradable, buena conversadora, distante, tal vez preocupada.

—¿Vas a ir al hospital?

—Esta tarde tengo cosas que hacer, pero intentaré ir después de clase —vacilo—. ¿Y tú?

—No, hoy no, pero iré mañana.

Un rostro perfecto. Ovalado, cero poros en su sedosa piel aceitunada, labios generosos, pómulos altos, ojos para perderse en ellos y gafas de persona lista, una graciosa nariz pequeña, pelo negro largo, liso. Su ropa parece nueva, limpia y planchada. Es una chica brillante.

Floto entonces, alejándome de todo esto hasta que ella me trae de vuelta.

—¿Lucille?

—¿Sí? Tengo que ir a clase.

Me sujeta el brazo. Me detiene.

—Lo que hiciste fue de locos. Tirarte al río de ese modo.

Quiero contárselo todo, confesar y esperar que me absuelva.

—Lo habría hecho cualquiera.

—No lo sé —aprieta mi brazo—. No estoy segura. En fin, tú la rescataste. No todo el mundo lo hubiera hecho.

Digo algo, no sé bien qué, y me alejo asintiendo con la cabeza porque no puede hacer eso. No está permitido.

«No seas amable conmigo, Elaine. Por favor, no hagas eso».

Estoy otra vez en el hospital. La diosa enfermera llamada Rita se desliza dentro y fuera de la habitación y se pavonea chasqueando la lengua y canturreando. Wren duerme en una silla. Mis codos se han hundido en la pútrida manta rosa. Janie se fue a casa hace una hora, para ducharse y comer algo. Digby no está por ningún sitio.

Eden está esquelética. Debería hablar con ella. Al menos, eso es lo que se supone que tienes que hacer.

La máquina sigue *shakaaaawah, shakaaaawah, shakaaaawah.*

La otra máquina hace *bip, bip, bip.*

Entierro la cabeza entre los brazos.

Soy incapaz de respirar con normalidad y estoy temblando de arriba abajo cuando entro en Fred's con Wren. Entro por la puerta de servicio, paso delante de los cocineros y Fred no está por ningún lado. El lavaplatos me saluda en español.

—Hola —le digo, intentando superar mi miedo y mi alivio al no ver a Fred a la vuelta de cualquier esquina. Luego paso frente a la despensa, donde está inclinado sobre un recipiente de salsa de chile verde que coloca en otro sitio y todo se acelera.

Las mesas están casi listas y las chicas deambulan entre ellas. Hay cruces en todas las paredes… me parece que no les había prestado atención hasta ahora. Están por todas partes, en todas las versiones, toda las posibles configuraciones de un crucifijo. Mi cerebro quiere entender por qué eso importa.

No sé si sigo teniendo un trabajo, no sé lo enfadado que estará Fred por haberme encontrado besuqueándome en el pasillo cuando debería estar trabajando. Pase lo que pase con Eden, no puedo permitirme el lujo de perder mi trabajo. Por suerte, Wren no sabe nada de todo esto e imagino que actúa como una especie de barrera entre mí misma y los hipotéticos cuarenta azotes que me esperan. Nadie me presta atención. Shane y Rachel están sentadas a la mesa seis, leyendo algo. Intento pasar desapercibida, pero Wren dice:

—Hola, chicas.

Ellas levantan la mirada y en un segundo me rodean, abrazándome, abrazando a Wren también.

—Chica —empieza a decir Shane— ¿por qué no nos habías contado lo que pasó?

Me muestra el *Cherryville Squire*, y allí, en un periódico cutre de pueblo, está la fotografía de Eden, con un artículo sobre nosotras. El titular dice ESTRELLA LOCAL DEL BALLET EN COMA. No puedo ver nada más que eso, con Shane sacudiendo el periódico, pero hay una fotografía de Eden y una mía también, mi foto escolar del año pasado. Tengo un aspecto tan limpio en blanco y negro, casi guapa, casi normal.

Rachel le da un golpecito a Wren en la barbilla y le dice:

—Tu hermana hizo algo muy importante.

—Venimos del hospital —cuenta Wren y luego se va a la oficina para jugar con el maquillaje, estoy segura.

—Sí, pregúntale a Eden lo que hice.

—Da igual —dice Rachel—. Eso no es lo que importa, cariño —va detrás de Wren.

—Gracias —balbuceo a su espalda.

—¿Estás aquí? —Val aparece por detrás con más pinta de vampiresa que nunca. Lleva un vestido de látex y su contorno de ojos es extraespeso—. ¿No deberías estar en otro sitio?

—Necesito trabajar.

—Exacto, la vida sigue —comenta Shane. Su teléfono suena y lo toma de la mesa, gruñe—. Mmm. Era de esperar. Trent. Hay que pasar de ellos al menos una vez al mes para que se acuerden.

—Tienes que hablar con Fred —sugiere Val.

—Sí —afirma Shane—. Ahora mismo.

—¿Qué estás haciendo aquí? —La voz tras de mí es seca, desprovista de nada que pueda identificar.

Fred.

Estoy despedidísima.

El restaurante se despeja tan rápidamente que uno diría que alguien ha soltado un chorro de gas lacrimógeno. Y entonces solo estamos Fred y yo. Él se sienta, el periódico con mi fotografía al lado de su muñeca. Me dice que me siente y entonces es como si estuviera en una escena de *El Padrino*. Me gustaría meter unas bolas de algodón en las mejillas de Fred para hacer esto bien, pero no creo que le hiciera gracia. Me parece que no está de humor para mí en absoluto.

Me tiemblan las piernas, empieza a dolerme la cabeza y algo quema en mi garganta.

—Así que has vuelto.

Está muy pálido, como si el apocalipsis zombi que siempre está esperando se hubiera producido al fin.

—Vengo a hacer mi turno —le recuerdo.

—Sí, pero... —golpea el periódico con el dedo— te están pasando muchas cosas.

Estoy segura de que uno de mis ganglios linfáticos acaba de hacerse más grande.

—¿Entonces qué? —pregunta.

—¿Puedo trabajar?

—¿Tu hermana está aquí otra vez?

El mantel que hay debajo del plástico tiene banderas.

—La he visto en la oficina —prosigue Fred—. ¿Vas a tenerla aquí toda la noche?

Me echo hacia atrás en la silla.

—Entonces, estoy despedida, ¿no?

Él se levanta y pasea durante unos segundos. Quiero salir corriendo. No tengo que soportar esto sentada. Y parece enfadado. Superenfadado.

—Te besas con gente en los pasillos. Te vas antes de que termine tu turno, traes a tu hermana pequeña al trabajo —Se sube las gafas por el puente de la nariz, busca un cigarrillo en el bolsillo y lo deja colgando entre sus dedos—. ¿Qué se supone que debo hacer?

—Lo entiendo, ¿vale?

—No, no vale. Tú eres parte del equipo y tienes que portarte como si lo fueras.

No sé qué significa eso, y no pasa nada porque no ha terminado de hablar. Me quedo sentada como una niña de cinco años obligada a tomar su medicina.

—Te lanzas a ríos y mierdas así, y ni siquiera me lo cuentas. ¿Tu mejor amiga está en coma? ¿Y quién es ese tío que te metía mano por todas partes? ¿Y por qué traes a tu hermana? —Fred apoya las manos sobre la mesa—. ¿Dónde están tus padres, Lucille?

Me marcho. Estoy fuera. Casi puedo pasar a su lado, pero me agarra del brazo.

—De eso nada. ¿Crees que no sé lo de tu padre?

—Estoy segura de que lo sabes —consigo hacer funcionar mi garganta hinchada—. Todo el mundo lo sabe.

—Eso es. Y sé que tu madre tampoco está por aquí. No sé cómo lo sé, pero lo sé. Sé que necesitas este trabajo, así que ¿por qué no confías en mí y actúas como si necesitaras esto de verdad?

—¿Por qué? —le pregunto—. ¿Para qué?

—Para que pueda ayudarte.

Sus ojos son muy azules. Nunca lo había visto tan de cerca. Su aliento huele a café y cigarrillos, pero sus ojos son de un azul que atraviesa los cristales sucios.

—Yo nunca he tenido hijos, Lucille, y seguramente nunca los tendré, a menos que deje preñada a alguna maciza de la resistencia cuando lleguen los zombis.

Sonrío.

¡Sonrío!

—Pero si tuviera un hijo, me gustaría que fuese como tú. Uno que no se quede cruzado de brazos esperando que pasen las cosas. Me gustaría tener una hija cañera como tú, que va y consigue un trabajo y cuida de los suyos como tú cuidas de tu hermana. Me gustaría que se lanzase a un río en medio de la hermosa noche y sacase a su mejor amiga del agua y la salvase.

Voy a decir algo, pero él levanta una mano.

—Te quiero a mi lado cuando ataquen los zombis, ¿de acuerdo? —hace un extraño movimiento con las manos—. No le diría esto a cualquiera. Asume lo que has hecho.

—¿Entonces no estoy despedida?

—Con una condición —replica—. Vamos a sentarnos y vas a contarme qué está pasando exactamente. Y no puedes seguir trayendo a tu hermana. Ya encontraremos alguna solución. Diles a las chicas que te ayuden. Rachel puede maquillarla en sus noches libres. Y te juro por Dios que si vuelvo a pillar a ese chico tocándote otra vez, va a conocer a mi pequeño amigo —Hace como que aprieta el gatillo de una pistola—. Juntos venceremos, divididos caeremos.

Silba, y es algo tan tonto que mata el grito que quiere salir de mí.

Es tan ridículo.

Y tan magnífico.

—¡Escuchadme todos! —grita en dirección a la oficina. ¿Qué hacéis perdiendo el tiempo? ¡Moved el culo y empezad a trabajar! ¡Tenéis veinte minutos para dejar este sitio como los chorros del oro!

Todo el mundo sale de la oficina y se pone manos a la obra.

Siento sus manos húmedas sobre los hombros, y luego mete una en el bolsillo y saca algo de dinero. Cuatrocientos dólares.

—Ya he cubierto tu turno para hoy. Vas a aceptar esto y no vas a decir ni media palabra. Tómate la semana libre y nos vemos el lunes.

—Freddie…

—Ni media palabra —me interrumpe. Se dirige a la puerta, mira alrededor—. Bueno, entonces ya está. Venga.

Cuando llegamos a casa, está inmaculada. Quiero decir, de arriba abajo. De repente, todo está en su sitio. Los armarios están llenos. Ni siquiera puedo enfadarme o asustarme, aunque sé que cerré con llave antes de llevar a Wren al colegio esta mañana.

No me queda nada dentro, no hay sitio para el pánico ni nada. Y a Wren le pasa igual. Solo nos miramos cuando le doy algo para picar… y hay tanto para elegir. Vamos al baño para darme una ducha y allí también hay frascos de champú y acondicionador, un jabón nuevecito, un par de toallas nuevas. Quien sea esta persona se ha tomado grandes molestias. O tal vez no sea una persona, a lo mejor de verdad es magia. A lo mejor es lo que Wren dice. Quizás es un ángel con luminosas alas gigantes, que compra en el supermercado con su hábito vaporoso.

Tal vez por fin estoy perdiendo la cabeza de verdad.

Da igual.

Este ha sido el día más largo.

Eden me dijo una vez que quería ser incinerada. Decía que no quería tener gusanos encima. Prefería estar en una de esas urnas biodegradables que plantas en algún sitio con una semilla y te conviertes en un árbol. A mí me pareció romántico, chulo. Pensé que en algún momento, dentro de miles de años, le diría al marido de Eden o a sus hijos lo que había querido, y tal vez todos podríamos formar parte del mismo jardín.

No pensaba que Eden pudiese morir ahora, en realidad.

La muerte potencial, hipotética es mucho menos aterradora que la muerte real, tal vez inmediata.

¿Qué haría yo sin ella si no sobreviviera? Puedo soportar la vida sin mi padre, incluso sin mi madre. O sin Digby. Pensar en él es demasiado para mí. Pero no podría soportar perder a más gente. Sé en mi corazón que no podría.

Shakaaaawah.

—Despierta —le digo a mi mejor amiga en este mundo—. ¿Me oyes? Tienes. Que. Despertar.

Shakaaaawah. Bip. Bip. Bip.

—Por favor —insisto—. Por favor.

Día de mudanza AD
(antes de Digby)

—¿Por qué hace tanto calor? —Eden estaba tumbada en su hamaca, con un libro sobre la cadera, mientras yo miraba a la gente intentando no estar tan deprimida. Mi madre y Wren estaban en el supermercado y mi padre seguía durmiendo. Había mucho tráfico peatonal ese día, y también tráfico de coches con el gigantesco camión de mudanzas prácticamente bloqueando la calle.

—Pues porque estamos en julio y en julio hace calor —respondo.

—Es como si Dios tuviese una venganza personal contra la costa Este y hubiera desatado su ira sobre nosotros con un calor y una humedad explosivos —De repente, parece animarse—. La casa nueva tiene aire acondicionado. Aire acondicionado de verdad.

—Qué bien.

John y Digby salen por la puerta, sujetando cada uno un lado de un escritorio para meterlo en el camión.

—¿Tú de qué vas? —le espeta Digby mientras pasa a nuestro lado.

—¿Qué? —replica Eden—. Todas mis cosas están guardadas.

—Sí, pero mamá está ahí dentro limpiando. Podrías ayudarla.

—Ya voy, ¿vale? Estoy tomándome un respiro —Eden vuelve a dejarse caer sobre la hamaca, se seca la frente—. Que tío más insoportable.

—Voy a echarte de menos. Nada va a estar bien a partir de ahora.

—Todo estará bien —replica ella, estirándose hacia delante sobre una pierna mientras tira de la punta de un pie—. Solo será diferente. No hay nada malo en que las cosas sean diferentes.

—Pues a mí me gustaban las cosas como eran antes.

Ella se encoge de hombros mientras sigue tirando de su pie.

—Imagino que si yo fuera a tener aire acondicionado y una casa decorada por encargo también estaría contenta —admito—. Pero esto va a ser aburrido y absurdo sin ti.

—Nos veremos —dice, levantando un meñique—. Nos veremos en nuestro sitio cada vez que quieras, cuando nos apetezca.

Me siento en la barandilla, enredo mi meñique con el suyo.

—¿Me lo prometes?

—Claro que te lo prometo —Se echa hacia delante—. Y Lu, créeme si te digo que será de todo menos aburrido.

—¿Qué, el vecindario? Sí lo será. Será un asco para siempre.

—No, no —Sonríe mientras John y Digby vuelven hacia la casa—. El vecindario no, boba. Me refiero a la vida.

Día 3
(Al alba)

Recupero el conocimiento y me encuentro en medio de una oscuridad total. Estoy ardiendo. Eso es lo primero que siento. Estoy ardiendo, no por fuera, sino por dentro, hasta el fondo. Es un dolor que empieza desde algún sitio que no puedo nombrar y estoy separándome de mi cuerpo. Me duele tanto. Haría cualquier cosa por escapar.

Polvo eres y en polvo, en polvo, en polvo…

Me estoy desmoronando.

He estado soñando con algo y el sueño me ha perseguido.

Dura mucho rato. Hacen falta horas para reducir un cuerpo a cenizas, a un compuesto químico básico para eliminación alternativa, para quemar a una persona hasta convertirla en polvo. No te incineran en segundos o minutos. Incluso entonces hay dientes, fragmentos de hueso. Creo que es así como lo hacen. Por la noche. Encienden el horno crematorio y te fríen, vuelven por la mañana y te meten en una de esas cajitas.

Las piernas de Eden son tan largas. No quiero que eso le pase a ella. Ahora no. Piel derretida, músculos deshechos y, por fin, incluso sus huesos rindiéndose y desmoronándose. No más arabescos. No más *pliés*. No más preocupaciones sobre la puntas, sobre si logrará triunfar, sobre nada. Ninguna preocupación. Y nada más tampoco.

Una piel ardiente se aprieta contra la mía. Eden, con su carne desprendiéndose y sus ojos fuera de las órbitas. La siento encima de mí en la oscuridad. No, no es Eden. Eden no está muerta, está en el hospital. Mi cabeza no rige.

Es Wren encima de mí.

Pongo una mano en su frente y me quema la palma. Intento sentarme, pero estoy mareada.

—Wrenny, cariño —busco a tientas la lámpara de la mesilla.

Ella gime. Está ardiendo.

Me levanto a toda prisa. Tengo que hacerlo.

No tengo teléfono. No tengo medicinas. No sé qué hacer, pero las dos estamos enfermas y a Wren le va a pasar algo malo si no hago algo. No discute ni nada cuando le pongo una de las chaquetas de mi madre por encima.

Pasa una mano por mi cara y dice:

—Ay, estás ardiendo.

Tomo una toalla y la humedezco.

—Sujeta esto —le digo. La lleva sobre la frente mientras la saco al frío. Hay más nieve en el suelo, pero no es nada que no pueda controlar. La subo al coche y arranco.

No para ir al hospital. No quiero ir allí. Tomo la pendiente.

Al callejón sin salida.

Llamo a la puerta varias veces antes de recordar que hay un timbre y luego lo pulso. Es blanco y brillante bajo la luz de la farola y ya no tengo calor. Nunca había tenido tanto frío.

Nunca había visto a Janie con esta pinta; los mechones de pelo rojo tiesos como una muñeca de trapo electrocutada. Cuando ve a Wren descruza los brazos y nos hace entrar, arrullándonos. Es la primera noche que no duerme en el hospital. John sí está en el hospital. Y teníamos que ponernos enfermas ahora, con lo cansada que debe de estar.

Chasquea la lengua.

—No, de todas formas no podía dormir.

Conozco tan bien esta habitación, la de Eden. Las más suaves mantas y almohadas, ese bonito color crema, los suelos de madera, la elegante alfombra rectangular a juego. Las fotografías de bailarinas en las paredes, casi todas en blanco y negro, enmarcadas. Los libros y libros y libros, tantos, todos con los lomos gastados, y luego la estantería. Todas las zapatillas de ballet de Eden, desde las más pequeñas hasta las últimas. El armario, medio abierto, toda su ropa haciendo frufrú y resplandeciendo allí. Si abro los cajones encontraré todos sus maillots, sus calentadores. La memoria de Eden. Y luego en el techo, sobre mi cabeza, la cita más nueva, la mejor. La última cita, quizá.

NO ENTRES DÓCILMENTE EN ESA BUENA NOCHE. ENFU-RÉCETE, ENFURÉCETE ANTE LA MUERTE DE LA LUZ.

Otra vez.

Janie se ha quedado con Wren en el cuarto de estar para poder vigilarla de cerca. Me siento vacía sin ella, pero también puedo tumbarme aquí después de tomar la medicación contra la fiebre, con un té al lado, y no hacer nada.

Los pensamientos se vuelven acuosos. A lo mejor me ha dado algo para dormir.

¿Está Eden en su cuerpo? ¿Sabe que su padre está a su lado? ¿Sabe cuánto lo siento? ¿Volverá a bailar o la quemarán? ¿Dónde está mi madre?

Tal vez Eden aparecerá por la puerta en cualquier momento y saltará sobre la cama. Apoyará la barbilla en las manos, el pelo cayendo alrededor de su rostro ovalado, y dirá:

—Cuéntame, pequeña Lulu. Cuéntamelo todo.

Cómo termina Digby en la cama conmigo no tengo ni idea.

Estoy sudando. Porque tengo fiebre o por esto, no lo sé. Respirar hace que el tiempo pase más deprisa, y no quiero que el tiempo haga nada en absoluto. Quiero tiempo para tomarme unas vacaciones. Quiero darle el finiquito, la carta de despido. «Pírate, tiempo». Aquí es donde quiero estar para siempre. Con Digby.

Dejo de respirar por culpa de la mano de Digby. Se ha metido bajo las mantas y está sobre mi cintura. Moviéndose. Solo un poco, no demasiado, pero moviéndose. Un centímetro arriba, un centímetro abajo. Tan suave, como si fuera atrevida pero no lo es. Si para, moriré por combustión espontánea. Es horrible cuánto deseo acercarme a él, pero me obligo a permanecer inmóvil, temblando por dentro, tal vez por fuera un poco también. No lo sé.

Él tiembla como yo. Lo noto en cómo deja escapar el aliento. Pero su mano es segura. Esa parte de él se mete bajo mi camiseta y se desliza por mi piel. Me gustaría que estuviera por todas partes. Quiero darme la vuelta. No quiero hacer nada que pueda provocar que se enciendan las luces, que esto termine… y Elaine está en algún rincón de mi cabeza, aunque intento apartarla porque no hay sitio para ella aquí. Esto es entre Digby y yo.

Solo nosotros.

Y es entonces cuando oigo a Janie sollozando. No es un sonido humano. Es como un lobo, como un fantasma. Un sonido ahogado, pero no lo suficiente con la casa tan silenciosa.

La mano de Digby se queda inmóvil.

—El armario —susurra sobre mi cuello—. Está llorando dentro del armario.

El sollozo de una madre puede agriar la leche y Digby y yo nos apretamos aún más para olvidar el dolor.

Es como si Janie estuviera suplicando.

Todavía el día 3

Despierto como si alguien estuviera sacudiéndome. Fuera todo es rosa como la manta de Eden. Las piernas de Digby están sobre las mías, un brazo cruzado sobre mi espalda.

Todo está un poco borroso. Entonces lo veo.

Eden está en la habitación con nosotros. Sentada a los pies de la cama, encaramada en esa postura tan suya, con el mentón apoyada en las rodillas. Su cabeza está inclinada a un lado, mirando. Y sonríe.

Cierro los ojos otra vez. La boca de Digby está en mi cuello.

—Me voy al hospital —nos anuncia Janie a Digby y a mí.

Está frente a la cama, vestida para salir, el pelo bien sujeto, nada de mechones sueltos. Me ofrece un vaso de agua y un par de pastillas blancas.

Despierto demasiado rápido y me mareo otra vez. Intento tranquilizarme, tiro de mi... de la camiseta de Eden. La garganta me duele un horror.

—Digby, hay un atasco de dos horas otra vez por culpa de la nieve, y no quiero que nadie vaya a ningún sitio hasta que vuelva. Tengo que relevar a John en el hospital, pero hay mucha comida en la nevera y le he dado a Wren otra dosis de medicina. Aquí está la tuya —Me acerca las pastillas.

—Mamá… —empieza a decir él.

—No —lo interrumpe Janie—. No quiero escucharlo ahora mismo. Más tarde.

Eden. Mi sueño.

—¿Eden está bien? —pregunto.

—Está en coma, Lucille. No, no está bien —Janie agita los brazos—. Nada de esto está bien.

—Ah.

—Vosotros dos deberíais empezar a pensar qué está pasando aquí. En medio de una crisis familiar, Digby Riley Jones. ¿De verdad? Esto no puede seguir así. Que yo sepa, todo se ha ido a la porra en un santiamén —Cuando me he tomado las pastillas alarga la mano para que le devuelva el vaso de agua—. ¿Cómo es posible que tu madre os haya dejado así? Por Dios, yo tengo una hija en el hospital y ella no tiene la decencia de cuidar de sus propias hijas. Es increíble, sencillamente increíble. Y ahora vosotros dos. ¡No tengo tiempo para esto!

Su tono está tan al borde de la histeria que solo tengo un segundo para preguntarme desde cuándo sabe lo de mi madre y cuánto sabe.

—Estoy harta —su voz se rompe en la última palabra y sale de la habitación así, sin más, cerrando de un portazo.

—¡Maldita sea! —exclama Digby—. ¡Maldita sea!

Digby juega al baloncesto. De verdad. Una vez que la pastilla ha hecho efecto y me siento medio normal otra vez y la garganta ha dejado de dolerme tanto, me asomo por una ventana porque no lo encuentro por ningún lado. Ha limpiado de nieve solo un retazo del camino de entrada y está lanzando la pelota al aro. Con un gorrito negro de lana, chaqueta deportiva y pantalones, lanza la pelota una y otra vez. Botando, botando. Desde la ventana veo que arruga la cara como si estuviera buscando algo en ese aro, todo rodeado de blanco. Blanco y negro.

—¿Puedo beber agua? —me pregunta Wren—. ¿Y puedes poner el Canal Cocina?

—Sí, claro.

Me siento fatal y ella tiene peor aspecto que yo, pero al menos puedo caminar y ya no deliro como antes. Espero no haber contagiado a Digby.

Después de dejarla frente a la tele salgo con la chaqueta encima del pijama.

—Hola.

Él se detiene un momento y luego sigue a lo suyo. Botando y corriendo. Pasa a mi lado y escucho el frufrú de sus pantalones. El frío es un alivio.

—Deberías entrar —dice por fin, regateando con la pelota.

—Pero no voy a hacerlo.

Juega como si yo no estuviera allí y luego tira la pelota con fuerza contra la pared, tan cerca de mí que doy un respingo. Rebota hacia la calzada y los dos miramos hasta que rueda bajo el coche de mi madre y golpea un neumático.

—¿Sabías que los ojos verdes y el pelo rojo es la combinación de rasgos más rara?

—Sí —responde Digby—. Eres como la reina de las conclusiones erróneas, ¿no?

Se acerca un poco más.

—Lo que quiero decir es que eres raro.

—Tú también.

—Tal vez. Digby, ¿quieres estar conmigo?

Él regatea con la pelota, sin mirarme.

—¿Quieres? —insisto—. Porque no puedes tenernos a las dos. No puedes tener todo como antes al mismo tiempo que haces algo nuevo. No puedes —intento encontrar las palabras— tocarme así y luego desaparecer. Y si no puedes estar de mi lado, apretar mi mano, sentirte orgulloso de estar conmigo, entonces no puedes tener el resto. No es justo para nadie, ni siquiera para ti. Así que, ¿qué quieres?

Él no responde, solo respira y expulsa vaho. La grieta dentro de mí se convierte en una fisura que se convierte en una hendidura. No voy a pensar en sus manos sobre mí. Se acabó.

—Me voy a casa. Sé que tu madre está disgustada, pero dile que todo se arreglará. Compraré medicinas por el camino —Me envuelvo en la chaqueta.

—Todo esto…

—Todo esto es un desastre. Funesto. Irreparable.

—¿Lo es?

—Pues claro que sí —Soplo sobre mi mano helada, pienso en Eden otra vez—. Tengo muchas cosas en las que pensar ahora mismo y no puedo hacerlo aquí. Tú también tienes muchas cosas que pensar. Gracias por todo, ¿vale? Por ayudarme con Wren y por estar ahí. Eres genial, pero ahora tienes que alejarte. Dime adiós.

—Venga, Lucille.

—Dilo.

—Eres...

—Ya lo sé, dramática. Esto es drama del bueno, pero tienes que decirlo de todas formas —Asiento con la cabeza porque con cada segundo que pasa estoy más segura de que hago algo bueno, algo necesario para todos—. Porque la próxima vez que me veas tenemos que ser como éramos antes. Tiene que haber un final. Tú también lo entiendes, ¿no?

Empiezan a castañetearme los dientes, pero me aparto cuando intenta pasarme un brazo sobre los hombros.

—Nada termina nunca —me dice.

—Eso no es verdad. Todo termina.

—Pero ¿y si fueras tú? —Se pasa una mano por la cabeza—. ¿Y si me equivoco?

—Corta el rollo.

Me gustaría decir palabras amargas que no pudiese retirar, como «Pórtate como un hombre», pero hago un esfuerzo para volver a mis pensamientos originales. Lo quiero demasiado. Eso es lo que subyace por debajo de todo. Me hace sentir débil. Y yo no quiero sentirme así. Eden dice que es bueno. Yo quiero ser sencilla. Y buena también. Quiero ser normal, limpia, con unos padres normales y un novio dulce que no tenga necesidad de esconderse.

—Hoy no iré al hospital porque estoy enferma, pero si estoy mejor me gustaría ir mañana después de clase. Si no te importa.

—¿Y no quieres verme allí?

Parece más pequeño.

—Creo que sería lo mejor, pero si es cuando tú quieres ir...

—O sea, que hemos llegado a esto —Digby sacude la cabeza—. Increíble.

—Durante un tiempo —Le doy una palmadita en el brazo—. Seremos amigos otra vez algún día, cuando todo esto haya pasado. Dale las gracias a tu madre por lo de anoche —Señalo el coche—. Será mejor que recojas tu pelota antes de que la atropelle. Voy a buscar a Wren.

Miro hacia atrás una vez más antes de entrar en la casa. Espero poder congelar lo que está haciendo en mi cabeza para recordarlo siempre. Sé que volveré a ver a Digby, millones de veces seguramente, pero ya nunca será igual. Está apoyado en el poste de la canasta, doblado sobre sí mismo, mirándose los pies.

—Adiós, Lucille Bennett —dice mientras cierro la puerta.

Me despierta un estruendoso *ratatatatat* que sube por la escalera y disipa el letargo producido por la medicina contra el resfriado. Wren, a mi lado, no se mueve.

Estoy tan desorientada que tengo que agarrarme a la pared mientras bajo al primer piso. No tengo mucho tiempo para pensar quién podría ser. ¿Mi padre? No. ¿Mi madre? No. Tal vez Digby o Janie.

En serio, ni en mis peores pesadillas lo hubiera imaginado. Elaine es la última persona a la que espero ver cuando abro la puerta, pero allí esta. Su pequeño rostro aceitunado está congestionado, hinchado...

—¿Qué hora es?

Elaine se enjuga las lágrimas.

—¿Estabas dormida?

—Estoy enferma.

Ella da un paso atrás, se endereza un poco.

—Al menos no ha mentido sobre eso.

Y entonces lo entiendo. Lo veo todo claro.

—¿Quieres pasar?

—¡No! —Elaine cruza los brazos sobre su jersey de cachemir azul marino—. Tal vez —Mira alrededor—. Hace frío.

Vuelve a mirar alrededor. No voy a pensar en lo que sus privilegiados ojos estarán viendo. No voy a hacerlo.

—Solo son las nueve. Siento haberte despertado.

—¿Me estás pidiendo disculpas a mí?

—Ya, eso digo yo —Busca un pañuelo en el bolso.

Y entonces entra en mi casa.

—Me gustaría gritarte —dice con voz temblorosa.

—Pues venga. Puedes gritarme todo lo que quieras.

Las lágrimas rebosan sus párpados inferiores y corren por sus mejillas.

Mi pecho y mi cabeza palpitan.

—¿Te acuestas con él?

—No —respondo. Es peor, pienso.

Pasea un momento alrededor, toca la pared, las molduras, luego me mira a los ojos. Hay algo duro en su mirada.

—Bueno, supongo que debo alegrarme —Se coloca frente a mí como si fuera un espejo—. Hace unos minutos me he dado cuenta de que eres una persona muy triste. Bueno, ya lo sabía. Digby me ha contado cosas… me lo ha contado todo. Que tu madre se ha ido sin dejar razón. Y ya sabía lo de tu padre.

Traición. Yo le he dado el cuchillo con el que me ha apuñalado

—Dice que le dabas pena, que quería ayudarte. Y yo he dejado que lo hiciera porque confiaba en él.

—Ja —La boca me sabe a metal—. Yo también.

—Sí, bueno, tú no tienes una relación con él, Lucille. Él no te debe nada.

Puñalada. Puñalada. Doble puñalada.

—Ya no hay nada entre nosotros, ¿vale?

Elaine no está escuchándome.

—Vamos a ir juntos a la universidad el año que viene. A Penn State si todo va según nuestros planes —Se le va un poco la voz y traga saliva—. Y llevamos dos años hablando de casarnos. Quiero decir cuando hayamos terminado la carrera. Y entonces apareces tú, toda melancólica y vulnerable y haces que… lo confundes y eso no es justo. Él cree que siente algo, ¿pero sabes una cosa? Estoy segura de que no tiene nada que ver contigo. Creo que Digby se hubiera dejado llevar por cualquiera que le importase y que tuviera tantos problemas. Así se hace el héroe durante un minuto, se siente especial. Solo quiere eso que tú le ofreces porque hace que se sienta importante —Toca el corazón de oro que lleva colgando al cuello. ¿Se lo habrá regalado Digby?—. Y luego, encima de todo lo demás, tenías que sacar a su hermana del río.

Apenas puedo permanecer en pie. Ella me acorrala contra la puerta. No sé por qué no puedo decir nada.

—Creo que eres una mierda —me espeta—. Me dabas pena. No me importaba que Digby tuviese una amiga, incluso una amiga muy cercana. Tú te has aprovechado de eso. Los dos os habéis aprovechado. Eres una persona triste que intenta hundir a otros contigo y él es tan crío que se lo ha tragado.

Es unos centímetros más bajita que yo, pero parece como una enorme amazona guerrera empuñando arco y flechas a unos centímetros de mi cara.

—Así que mírame y dime que lo que hay entre vosotros es real. Dime que Digby sentiría algo por ti si fueras una persona normal.

Hago un esfuerzo para encontrar palabras, pero estoy helada.

—¿No tienes nada que decirme?

—Tienes razón —por fin me salen las palabras—. Lo siento. Pero todo ha terminado, ¿vale?

Algo en mi estómago se está rompiendo y no quiero que ella lo vea.

Su expresión se suaviza.

—Lo de vosotros dos es una fantasía. No es real. Nada ni remotamente parecido a algo real.

No puedo dejar que esto quede así.

—Parecía real —consigo decir—. Me parecía lo único real, pero siento mucho, muchísimo, haberme enamorado de tu novio.

Si tengo que decir la verdad, esto es lo que hay.

—Me has hecho daño. A lo mejor a ti no te importa, a lo mejor no significo nada para ti, ¿pero sabes una cosa? También le has hecho daño a él —Saca las llaves del bolso—. No vuelvas a hacerlo.

Día 4

Me levanto a la mañana siguiente y voy al instituto. Wren también parece estar mejor, así que consigo meterla en el coche con la promesa de ir de compras más tarde. No puedo soportar verla con esa ropa andrajosa que ya no le queda bien. Tengo que empezar por algún sitio. Cuando estás más débil, cuando todo es un caos, la limpieza tiene que empezar desde abajo. ¿Qué haría Eden si nos viésemos en la roca ahora mismo? Aparte de decir cosas muy inteligentes, haría una lista, empezaría con la realidad tal y como es.

Si no me pongo las pilas, mis notas se resentirán y no podré evitar que el tren del desastre me atropelle otra vez. Tomo un sorbo de café del vaso desechable y compruebo los daños.

Estos son los hechos:

Fred lo sabe.
Janie sabe algo.
Digby lo sabe.

Elaine lo sabe, así que probablemente sus amigas también lo sabrán.

Eden lo sabe, pero está postrada en cama, así que no es una amenaza inmediata.

Los hechos también son estos:

He perdido a Digby.

Mi mejor amiga está en coma.

Mi padre es un egoísta.

Mi madre es una persona errante.

Pero...

Tengo esta casa.

Alguien está cuidando de mí.

Tengo un trabajo.

Tengo una hermana.

Mis notas son un asco, pero eso tiene arreglo.

Saqué a Eden del río. Puedo hacer esto. Puedo hacerlo.

El instituto es un campo minado. Aquí, en la taquilla al lado de la mía, el irreal santuario de Eden. Y después de meses sin verla jamás, Elaine está literalmente a la vuelta de cada esquina, lanzándome miradas heladas y diabólicas. Me escondo en el baño, intentando entender cómo he podido moverme durante tanto tiempo como si viviéramos en un universo paralelo. Ahora es como si la hubiesen clonado y MultiElaine está ahí fuera y va a por mí.

Como en el exterior del instituto. Escucho en clase. De verdad presto atención.

«Supéralo. Supera este día. Preocúpate por los otros más tarde».

Tengo otras cosas que solucionar.

Lo primero, mi hermana. Después de comprarle algo de ropa, voy a llevarla a ver a mi padre.

Van un mundo por delante de mí, recorriendo el camino que yo no podía recorrer, Wren ataviada con su nuevo conjunto reluciente estilo Melanie. Está contándoselo todo a mi padre. Lo sé. Lo noto por cómo él se inclina sobre ella, apoyando las manos en su hombro.

Una vez leí que los niños que han sido golpeados o maltratados de la forma más terrible solo quieren volver a casa cuando se los llevan. Quieren el consuelo de lo conocido. Quieren perdonar. Su corazón les pide eso. No tienen defensas que les permitan ver que han sido agraviados. Parece retorcido en cierto modo, pero también hay algo puro en ello. Algo que se pierde cuando empiezas a crecer de verdad.

Y mi padre. Ahora sabemos que puede perder la cabeza porque la perdió, así que creo que ya nunca podré sentir lo mismo por él, pero al menos se quieren el uno al otro. Lo veo en cómo ella deja que la toque, se apoya en él, cómo él se anima y sonríe. Es lo que necesita, supongo.

—¿Quieres café? —Carlos me ofrece un vaso desechable

—Gracias. Este debe de ser un trabajo divertido.

—Se hace de corazón —responde—. Tu padre se va a poner bien, ya lo verás. Cuando salga. Es sólido.

—Sólido como una roca.

—Sí —dice Carlos—, tienes que rebajar tus expectativas un poco. Nadie es una roca de verdad. Ese tipo —señala a mi padre con su mentón cuadrado— pasó demasiado tiempo fingiendo que era una roca. Y ahora sabe que no debe hacerlo —Su *walkie-talkie* suena dos veces, le echa un vistazo—. Tengo que irme. Disfruta del café.

Parece que mi padre evita mirarme. Se tira de las mangas, se tambalea, como si necesitara a Wren para mantenerse en pie.

—¿Estaréis bien hasta que salga de aquí? ¿Tengo que sacaros de esa casa?

—No. Estamos bien.

—Pensé que vuestra madre cuidaba de vosotras. Pensé que sería mejor que yo me mantuviera alejado.

—Sí —replico, estoy haciendo muescas alrededor del borde del vaso de café y él me ha interrumpido.

—Voy a ver si puedo enviaros algo de dinero, ¿vale?

—Papá...

—Deja que yo me encargue.

Y ahora sí me mira. La camiseta de manga larga que lleva bajo la bata tiene orificios en los puños para el pulgar, como todas las camisas que posee.

—Dale un abrazo a papá. Tenemos que irnos. Tenemos que hacer otra parada antes de terminar el día.

Mi padre me toca el brazo.

—Tigerlily, lamento lo de Eden. Pero estoy orgulloso de ti. Lo hiciste muy bien

No esperaba sentir lo que siento, que me haya dejado casi sin aliento con esas palabras.

—De verdad —insiste—. Eres una guerrera. Tal vez todos nos apoyamos en ti demasiado porque sabemos que eres capaz de soportarlo. No deberíamos hacerlo. Cuando salga de aquí, todo eso va a cambiar.

—No pasa nada. Venga, Wrenny.

Mi padre nos acompaña a la puerta.

—Estoy haciendo lo que tú dijiste. Voy a terapia, incluso empiezo un trabajo la semana que viene.

—Eso está bien, papá. De verdad.

Se atreve a poner una mano en mi hombro.

—¿Sabes en lo que he estado pensando últimamente?

—¿Qué?

—En el mar, en el Pacífico. Surfear, deslizarme sobre las olas. Se me daba muy bien en su tiempo y me gustaría volver a hacerlo, así que piénsalo. Tal vez cuando salga podríamos ir. La vida es bonita allí.

—Tal vez. De todas formas, seguramente es bueno que pienses en ello. Me alegro de que pienses en esas cosas.

—Sí, yo también. Casi estoy ahí, Tigerlily. ¿Vale?

Antes de que la florida encargada nos deje salir, mi padre levanta a Wren del suelo con un abrazo.

—¿Estás enfadada porque se lo he contado? —me pregunta Wren mientras esperamos que el interior del coche se caliente.

—No —respondo—. No te hubiera traído aquí esperando que mantuvieras el secreto —Me quito los guantes y pongo la mano delante de la salida de aire. Ella hace lo mismo y nuestros meñiques casi se tocan—. He estado pensando mucho últimamente sobre los secretos.

—¿Y? —me mira. Parece una adolescente.

—Los secretos no son buenos. Todo el mundo los tiene, creo. O tienen cosas personales que no quieren compartir con los demás, cosas que no se atreven a contar. Algunas cosas son especiales durante más tiempo si las guardas, pero otras se pudren cuando no puedes contarlas y que yo te pida que guardes secretos, aunque sea por una buena causa… En fin, me parece que no es bueno para ti —Me doy la vuelta, pongo la rodilla contra el salpicadero.

—De acuerdo, ¿entonces puedo decirte una cosa?

—Cualquier cosa.

—Quiero que Melanie vaya a casa a jugar.

Me sorprendo a mí misma con una risita.

—Sí, claro.

En lugar de tener amigos en casa ha estado haciendo sus deberes y entreteniéndose sola frente a la televisión. Ya no. Se acabó.

—Puedes pedirle a Melanie que vaya a casa cuando quieras. Mañana, si te parece. Vamos a solucionar esto. ¿Me crees?

Todo depende de su respuesta. Si ella lo cree, también yo lo creeré.

—Sí —responde— porque tú eres tú.

Paramos en el hospital de camino a casa. Miro por la ventanita y allí está Janie, leyendo algo a Eden de un Kindle.* Digby no está. Perfecto. Llevo a Wren a la máquina de bebidas, le compro un chocolate caliente y le pido que se quede en el pasillo. La encantadora Rita se ha encargado de ella cuando entro en la habitación de Eden.

—Hola —Me acerco a Janie intentando no asustarla, pero el Kindle por poco se le cae de las manos.

—Poesía. No sé si ayudará.

—Seguro que sí —Miro sus mejillas hundidas—. Debes de estar agotada.

—¿Quieres sentarte? —me pregunta, apartando una silla a su lado.

Cuando estoy sentada le digo:

—No tengo mucho tiempo. Wren está fuera, pero me gustaría hablarte de mi madre.

Cuando llegamos a casa, hay una cesta de magdalenas en el porche

---

* Dispositivo para leer libros electrónicos.

—¡Gracias! —grito a la noche.

Espero que alguien me oiga.

Luego entramos en casa. Bajo por la escalera con el reproductor de CD y después de enchufarlo nos ponemos a bailar porque, como dice Wren, a veces las penas se quitan bailando.

Día 5

Al día siguiente despertamos tranquilamente y deambulamos por la casa. Bien abrigadas con ropa de invierno, nos tomamos nuestro tiempo. No tiene sentido apresurarse cuando ya se ha hecho tarde. Recorremos las cuatro manzanas hasta el colegio de Wren por el camino paralelo al río. No he estado allí desde el accidente y caminamos arrastrando los pies. Wren es demasiado grande para que la lleve de la mano, pero aprieta la mía con firmeza.

—Estaba pensando que como no tienes que trabajar esta noche a lo mejor hago pechugas de pollo a la plancha con salsa de vino, limón y alcaparras. El ángel nos dejó alcaparras la última vez y en la página web de Giada de Laurentiis hay una receta.

—Muy bien.

Me gustaría decir mucho más que eso, decirle que me siento orgullosa y asustada, pero ha habido mucho de eso últimamente.

Nuestros pies se hunden en la nieve.

—A veces llegar tarde está bien.

—Sí.

Wren aprieta mi mano y sé que no es solo porque se siente feliz de estar conmigo, paseando así, sino porque este es el sitio donde empieza la pendiente para llegar al vagón de tren, para llegar a la roca. Le devuelvo el apretón, con fuerza, y hacemos el resto del camino en silencio, un par de pájaros solitarios cantando desde los árboles desnudos.

No sé qué le pasa al coche, pero no arranca cuando intento ir al hospital después de clase. Encontraré la forma de arreglarlo, imagino, pero no tener teléfono y no saber a quién podría llamar es demasiado. Me dejo caer en el porche y Wren se sienta a mi lado. Apoyo la cabeza en su hombro. Hace mucho frío, pero no tengo energía para entrar en casa.

¿Sabes que hay personas que dicen a veces que cuando lloran parece que se los llevaran las olas? Nunca había entendido eso hasta ahora, pero cuando la primera ola me golpea es como si estuviera sujetándome. Estoy sujetándome y haciendo un esfuerzo para no dejarme arrastrar. Mis ojos se empañan y no... no voy a dejar que ganen las lágrimas, pero entonces lo hacen y me rindo. Se lo llevan todo por delante y jadeo como si me estuviera ahogando en ellas. Y luego sollozo. Grandes, asfixiantes sollozos que no puedo controlar. Wren se agarra a mí de verdad entonces, con los dos brazos. Estoy en la calle perdiendo la cabeza y las olas vienen tan rápido como se alejan, apenas me dan tiempo a recuperarme de una cuando llega la otra. Esto es ahogarse, esto debe de ser lo que sientes cuando te ahogas, pero entonces algo que ha estado atrapado dentro de mí se marcha, dejando un espacio libre. Y se para. Todo se detiene justo cuando creo que no va a parar nunca. Tan rápido y poderoso como llegó, me deja en paz. Estoy vacía.

La ola se ha llevado algo con ella.

—Te quiero, Wren. Lo digo de verdad.

—Tenemos que encontrar la forma de ir al hospital si queremos volver a tiempo para que haga la cena —me recuerda ella.

—Yo os llevaré —escuchamos la voz de la señora Albertson a nuestra espalda.

La señora A quiere esperar para llevarnos de vuelta a casa, pero le aseguro que no hace falta, que Janie y John están aquí y ellos nos llevarán. Wren y yo salimos del coche, chapoteando sobre la nieve derretida, nuestras botas rechinando por los pasillos.

Cuando llegamos a la habitación de Eden, Digby, Janie y John están allí. Janie y John sentados, y Digby a los pies de la cama. Es solo una fracción de segundo antes de que se den cuenta de que estamos aquí, pero dura el tiempo suficiente como para que pueda ver otra vez cómo es una familia cuando nadie está mirando.

A mí me parece que son afortunados.

Janie se levanta de inmediato.

—¡Lucille! —abraza a Wren y luego le pone una mano en la frente—. No sabía si podríais venir hoy.

—Lo siento, es que mi coche no arrancaba.

—Nos ha traído la señora Albertson.

Janie se pone tensa por un momento, pero su expresión se suaviza casi de inmediato.

—Lo siento. Podríais haberme llamado.

Intento con todas mis fuerzas no mirar a Digby ni preguntarme dónde estará Elaine. Eden parece más pálida que nunca. Esta encogiéndose.

—¿Nada?

—Aún no —responde John. Nadie dice nada y él mira alrededor. Entonces, como si no pudiera soportarlo más, se levanta de la silla—. Mi estómago no parece entender la crisis que tenemos entre manos. Voy a comer algo de la pésima comida de hospital. ¿Alguien quiere algo?

—Voy contigo —dice Janie.

—¿Ah, sí? —John parece totalmente sorprendido.

—Claro. Y Wren también vendrá con nosotros.

Pretende dejarnos solos a Digby y a mí, aunque no es muy sutil. Nuestra conversación de ayer tomó un rumbo inesperado. Le conté más de lo que tenía intención de contarle.

—Muy bien —Wren asiente con cierta desconfianza— pero tengo planes para la cena de esta noche y no quiero perder el apetito.

—¿Qué tal un chocolate caliente? —sugiere Janie—. Y, de paso, me cuentas qué planes son esos.

—Vamos, señoras —John nos mira a Digby y a mí como si estuviera intentando sumar dos y dos—. Tal vez podrías explicarme qué está pasando —le dice a Janie mientras salen de la habitación.

Quiero arrancarme la piel del cuerpo, meterme en ella sin las cuencas oculares y desaparecer dentro de mí misma para no volver a salir nunca. Quiero dar saltos por la habitación y lanzarme a los brazos de Digby como una de esas chicas vaqueras al final de una comedia romántica. Quiero sol y un caballo o dos esperando mientras damos vueltas y vueltas. La primera opción parece más verosímil, pero ninguna de ellas es posible, así que me agarro con fuerza a la barra metálica de la cama para mantenerme en pie. Estoy en un barco, balanceándome, sacudiéndome. No puedo mantener el equilibrio.

Más que verlo lo percibo acercándose.

Más que verlo lo percibo poniendo una mano al lado de la mía en la cama.

Lo percibo y luego lo veo poner su mano sobre la mía para entrelazar mis dedos. La deja inmóvil.

—¿Elaine? —pregunto.

Él niega con la cabeza.

Es entonces cuando me besa. Un beso diferente a los anteriores. No como si fuera a morirse si no lo hiciera, no como si estuviera robándolo. Como si estuviese tomándolo, como si estuviese dándolo.

Como si estuviera rindiéndose.

Eden no despierta del coma. No hay fanfarria. Ningún anuncio de una recuperación espectacular. No pronuncia el nombre de nadie, solo permanece tumbada en la cama. No pasa nada más salvo que Digby nos lleva a Wren y a mí a casa.

Digby no suelta mi mano. Ni cuando sus padres vuelven a la habitación, ni cuando salimos para ir al coche, ni siquiera cuando tiene que cambiar de marcha. Eso es lo que pasa, creo.

Digby sujeta mi mano.

Lo que encuentro cuando llegamos a casa me da un susto de muerte. Al principio parece como si hubiera criaturas tenebrosas haciendo una especie de ritual extraño alrededor de mi coche, pero cuando *La Bestia* ilumina a la escena veo que son la señora Albertson, Andrew y el fumador, todos alrededor del capó abierto.

Digby suelta mi mano entonces y pregunta:

—¿Qué pasa aquí?

—No tengo ni idea —respondo.

—¡Ángeles, ángeles! —Wren empieza a dar saltos, exaltada—. ¡Son ángeles!

—Madre mía —Digby suspira—. Yo creo que tiene razón.

—Necesita una batería nueva —dice el fumador. Es tan delgado que prácticamente no se le ve cuando está de lado.

Estoy intentando entender qué pasa aquí y no hay manera. No hay manera de que esta sea la explicación. Antes creería en hadas, duendes, *gremlins*. ¿Por qué?

—Traeré una mañana por la mañana —dice el fumador—. Es cosa de diez minutos. Nada importante.

—Dales las gracias —susurra Digby.

—Gracias —digo entre dientes.

Andrew parece desconcertado.

—Mi querida señora Albertson, ¿no había dicho que no volverían hasta más tarde?

—Bueno, no pensaba que volverían tan pronto.

—Su falta de habilidades como hada madrina es espantosa —se queja Andrew—. Si no tiene cuidado, voy a quitarle la varita mágica.

La señora Albertson se ríe.

El fumador estira su chaqueta y pone los ojos en blanco, luego pliega la varilla que sujeta el capó y lo cierra.

—Me voy, esta noche no podemos hacer más.

—Karl, vuelve aquí —lo llama Andrew.

Su abrigo de cachemir negro está cepillado y limpio. Puedo verlo incluso en la oscuridad, incluso mientras mi cabeza está intentando acostumbrarse a la verdad.

El fumador, Karl supongo, se da la vuelta y deja escapar un silbido irritado.

—Entonces vosotros sois… ¿qué? —pregunta Digby mientras sopla sobre sus manos—. ¿Una especie de vigilantes bienhechores del barrio?

—Percibimos una necesidad —responde la señora Alberton.

—Es usted muy buena —Wren toma su mano—. Es usted una persona maravillosa.

Me siento como en una realidad alternativa, donde la gente es buena y hace cosas porque sí, y no entiendo nada.

—Karl es amigo de tu madre —dice Andrew.

—Puede que «amigo» sea exagerar, pero una vez me

ayudó —explica él. Su voz suena quebrada, como si no estuviera acostumbrado a usarla—. Intento no olvidar.

Me da miedo preguntar, pero tengo que hacerlo.

—¿Sabe dónde está?

—No, lo siento.

—¿O si piensa volver? —insisto.

Cuando niega con la cabeza me desprendo de esa momentánea esperanza de que, por alguna razón, estuviesen todos en el ajo, sabiendo que mi madre había emprendido el camino de vuelta a casa.

—¿La querrías si volviera? —me pregunta Karl.

No lo sé. No lo había pensado antes. ¿La querría? ¿Querría a mi padre? No lo sé.

—¿Por qué le haces esa pregunta a la chica? —lo increpa la señora Albertson.

De repente, puedo imaginar a los tres en mi casa, en el supermercado, peleándose por lo que deben comprar. Las empanadas tenían que ser de Andrew. El fumador ha cortado el césped. La señora A probablemente ha limpiado la casa y hecho las magdalenas. Entonces lo entiendo.

Nunca he tenido ningún secreto. Ninguno importante.

—¿Por qué no me han dicho nada? ¿Por qué no se lo han contado a las autoridades? ¿Por qué hacen todo esto?

La señora Albertson responde:

—La mayoría de la gente en este pueblo conoció a tu madre y a tu tía Jan en algún momento. Caray, recuerdo cuando eran pequeñas y yo vivía al final de la calle, en la casa grande. Solían ir allí a menudo —suspira—. Intentamos cuidar de los nuestros. Y vosotras sois de los nuestros.

—Lo que estáis sufriendo vosotras también lo sufrieron ellas entonces —comenta el fumador—. ¿Lo entiendes?

Lo entiendo. Mi tía Jan crió a mi madre. Ellas tampoco tuvieron padres.

—No queríamos que os sintierais solas —explica la señora Albertson—. Porque no lo estáis.

—Y además, esta picardía ha sido divertida —añade Andrew.

—Pero ahora que estamos todos aquí, puede que lo mejor sea contarle a alguien lo que está pasando —propone la señora Albertson—. Pensábamos que tu madre estaría fuera solo durante unos días, pero ya ha pasado demasiado tiempo.

—Un momento, un momento —interviene Karl—. Ya habíamos hablado de esto.

—A Karl no le cae muy bien tu padre —Andrew da golpecitos sobre el techo del coche con los dedos—. Vamos dentro —añade después de una pausa—. Tengo una idea.

Digby me da un beso en la cabeza.

—Yo llevaré a Wren a la habitación.

Antes de que entren, Wren le da al fumador, Karl, un abrazo anormalmente largo del que él parece querer escapar como yo querría escapar de un tanque lleno de serpientes.

—Muy bien, muy bien —dice, escurriéndose del abrazo—. Eso está bien, ya está bien —Suspira—. Te lo dije, mujer —se dirige a la señora Albertson—. Algunas cosas nunca deben saberse.

Es muy peculiar cómo cambia la casa después de eso. No sé por qué me parece más llena. Digby se marcha al hospital. Es como si me hubiera recargado mi propia batería y no puedo permanecer quieta. Quiero hacer tropecientos dibujos y limpiarlo todo.

El pollo chisporrotea en la sartén y la pasta está cociéndose. Wren y yo cenamos. Apenas hablamos. Está bueno y crujiente, tierno, y se nota la mantequilla. Algún día, Wren será una chef de primera, te lo juro. Se hace un ovillo en el sofá y se queda dormida antes de que pueda decirle que suba a la habitación, así que me dedico a vagabundear por la casa, como si ahora pudiese decirme lo que debo hacer. Qué debo hacer hasta que Digby vuelva, hasta que sepamos qué va a pasar con Eden, hasta que el resto de todo nos sea revelado.

Un dibujo, incluso tropecientos dibujos no serían suficiente. Esta noche no. Necesito más, así que pinto el cielo en la habitación de Wren. Lo hago por ella. Lo hago por mi madre. Lo hago por mi padre. Incluso lo hago por mi difunta tía Jan, cuyos pechos se pusieron enfermos y la mataron demasiado pronto y que se parecía tanto a mí, pero sobre todo lo hago por mí misma.

Me sorprende cómo siento la brocha en mi mano. Es una sensación perfecta, como si estuviera en su sitio, una parte de mí que no sabía que me faltase. Como la última vez. Ver el color azul cubriendo las manchas me calma.

Por la mañana estaré agotada, pero ahora mismo me siento libre. Pinto la línea entre la pared y el techo, haciéndola perfecta, y estoy bailando un poco, incluso. Me quito los vaqueros de mi madre y soy solo yo con mi top sin mangas y la ropa interior. Y entonces empiezo a hacer rodar la brocha, a hacer rodar el azul *I got the blues* por todas partes, tapando cada marca, cada mancha y todo lo feo que ha ido cubriendo nuestras paredes y estoy sacudiendo el trasero, escuchando la música con los cascos puestos, incluso canturreando un poco.

Cuando termino, tomo la lata de pintura blanca y pinto los marcos de las ventanas, que estaban amarillos. Me tomo mi tiempo, perdida en cada surco de las molduras, en cada esquina. Es alucinante lo que hace la pintura, cómo lo mejora todo.

Día 7

El sol está saliendo. Habrá tanto que hacer, tantas cosas que preguntar, tantas preguntas que intentar responder, pero ahora mismo estoy sentada en medio de la habitación, pensando cómo he hecho algo tan bonito de algo tan feo. Como Andrew, la señora Albertson y el fumador, Karl, han hecho conmigo.

Me gustaría entender mejor a mi madre, pienso mientras guardo en los cajones la ropa que he ido tomando prestada durante los últimos meses, con cuidado para no despertar a Wren. Me gustaría saber qué empuja a una persona a hacer lo que ha hecho ella. He pensado que tal vez tenga algo que ver con que sus padres murieron cuando ella era muy joven. Ninguno de mis padres tuvo padres. Eso me parece de locos.

Tal vez mi madre se ha marchado porque la crió su hermana y sabía que eso podía hacerse, tal vez pensó que yo podría apañarme hasta que mi padre volviese. Tal vez pensó que los dos juntos eran veneno y que estaríamos mejor solas con él, o tal vez va a volver y esto será solo un momento gris del pasado.

Para algunas personas, como Janie, creo que los hijos son lo que las sujeta a la Tierra, y para otras es su trabajo. Tal vez para mi madre era mi padre y cuando él dejó de ser lo que siempre había creído que era se quedó como flotando. El número 3110, el día que conoció a mi padre, era su clave para todo, ¿no? Tal vez intentó formar una familia con él a pesar de las adversidades, intentó crear lo que siempre había querido tener y cuando no salió bien se desmoronó.

O tal vez no pensó nada en absoluto. Es posible que ya no pudiera seguir adelante y que sea así de simple, imagino.

Cuelgo su falda, la que llevé a Filadelfia, en su armario y luego me aventuro en mi propia habitación. Parece un sitio en el que solía vivir. La cama está hecha, hay fotografías de mí con Eden. Fotografías de mí y mi familia pegadas alrededor del marco del espejo de mi cómoda. La habitación es fresca y silenciosa.

Parece la habitación de una persona normal, pero yo sé lo que hay en mí. Soy un monstruo que expulsa fuego por la boca y no voy a desplomarme. De verdad salté al río helado para sacar a Eden. Nunca abandonaría a Wren, y si mi padre se vuelve loco otra vez cuando vuelva, lo quemaré con mis llamas de dragona.

Me voy a agarrar al suelo que piso porque puedo. Y ahora sé cuántas manos tengo para sujetarme si me caigo. Eden estaba equivocada sobre algunas cosas después de todo. Estaba equivocada sobre Digby y sobre mí. Quiero pensar que ella sabía eso, que su alma ha podido volar alrededor y cuando vino a visitarnos esa noche estaba diciéndome con su sonrisa que sabía de todas las cosas buenas que estaban por llegar, que abriría los ojos y por fin sería capaz de verlo todo. Y si no funciona, si Digby no quiere seguir sujetando mi mano y termino hecha pedazos, me las arreglaré sola hasta que esté entera otra vez. Explícame qué sentido tiene vivir si no estás dispuesto a luchar por las verdades que hay en tu corazón o arriesgarte a resultar herido.

Tienes que enfurecerte.

Me tumbo en la cama, entre mis sábanas, e intento dormir.

Pero entonces echo tanto de menos a mi madre. La aceptaría si volviese porque quiero perdonarla. Siento su mano suave en mi cara, en mi mejilla, mientras mi cuerpo empieza a relajarse.

La recuerdo diciendo: «Tienes el corazón de un héroe».

Día 7 (todavía)

Casi una semana desde lo de Eden, y ha pasado una vida entera.

El olor del desayuno me despierta. Wren está en la cocina. Ha reorganizado algunas cosas. Por ejemplo, las tazas están donde solían estar los platos, las especias a mano. Todo lo que parecía tan aleatorio en el modo en el que mi madre hacía las cosas tiene sentido bajo el control de Wren. Es tan… eficaz en la cocina.

Estoy hecha polvo, pero completamente despierta. Tal vez es una especie de magia creativa. He oído que los artistas pueden estar sin dormir durante días cuando tienen un momento de inspiración. No había pintado un cuadro, pero había cierta magia en ello. Más tarde estoy segura de que caeré redonda, pero ahora no. Por ahora, voy a aprovechar este día.

Abro el último cajón de la cómoda, busco mi peto y me lo pongo sobre una camiseta negra de manga larga. Me cepillo los dientes, me lavo la cara. Mientras me estoy secando me miro al espejo y no detesto lo que veo. Ojos azules, pelo rubio oscuro, el labio inferior abultado, unas pestañas que no están nada mal. Yo. No soy perfecta, no estoy mal. No soy mi madre. Solo yo. Me siento como yo si fuera yo.

Bajo a la planta baja.

—Creo que quiero llevar flequillo —me dice Wren, que está haciendo un perfecto huevo frito—. ¿Puedo?

—Sí, claro. Le preguntaré a Val dónde se hace el suyo.

Mete el pan en el tostador.

—Has pintado la habitación —comenta, apoyando un codo en la encimera—. Como yo la quería.

Sonrío.

—Ha quedado genial.

Un momento después, dos preciosos huevos con tostadas aparecen ante mí.

—Gracias.

Wren toma un bote de kétchup y escribe TE QUIERO sobre mis huevos, todo en rojo.

No me gusta el kétchup en los huevos y ella lo sabe, pero hoy me los como de todas formas y el kétchup sabe a dulce sentimental.

—Ya no quiero ir a Fred's. Me cansa mucho. Puedo quedarme sola en casa.

Está decidida. Lo veo en la fuerza con la que friega la sartén.

—Tengo que hablarte de algo.

Wren cierra el grifo.

—La señora A dijo que podría cuidar de ti, tal vez dormir aquí hasta mi cumpleaños o hasta que mamá o papá vuelvan. Si vuelven.

—Volverán.

—Sí, seguramente tengas razón.

Puedo sentir a mi madre ahí fuera, en algún sitio. Las olas van a traerla rodando hasta la puerta. Pero no espero que ella me sujete, espero sujetarla yo cuando se caiga.

—La señora A estará en su casa casi todo el tiempo, pero de ese modo si vinieran a ver cómo estamos sabrían que hay alguien ayudándonos. Por ejemplo, si hablas con esa señora del colegio o algo. Porque, como he dicho, ya no tienes que guardar secretos.

Wren interrumpe brevemente lo que estaba haciendo, pero luego vuelve a lo suyo.

—Dormirá en la habitación de mamá, ¿de acuerdo?

—De acuerdo —responde.

—Así que yo volveré a mi habitación y tú a la tuya, ¿vale?

—Vale —repite ella—. ¿Tú crees que le gustará hacer pasteles?

Un pegote de mantequilla se desliza por su camisa cuando va a comerse la tostada.

Y es entonces cuando llaman a la puerta. Podría ser cualquier persona entre unas diez. Tal vez sea el fumador, que nos trae la nueva batería para el coche. Pero no lo es. Es quien yo esperaba que fuera.

—Hola, Digby Jones —saludo a su hermoso rostro, tomando su encantadora mano con la mía.

—Hola, Lucille Bennett.

Todo él es desenfreno, una cosa salvaje, como si todo se hubiera desencadenado a la vez.

—¿Qué pasa? —le pregunto. Apenas son las siete y media—. ¿Quieres entrar? —intento tirar de él.

No, me dice. Quiere que yo salga. Wren también. Ahora mismo.

Porque ha parpadeado.

Eden ha parpadeado.

Agradecimientos

Escribir un libro (al menos este) es una senda larga y compleja con la que es imposible enfrentarse en ausencia de muchas manos, mucha inspiración, y la creatividad de toda una ciudad, en este caso un pueblo. Para empezar, sin mi hermano Chris; no somos mellizos, pero no podría estar sin ti, JAMÁS podría estar sin ti. Sin mis padres superrebeldes, mis cinco hermanos y hermanas, mis veintitantos primos y mis muchos tíos (y una tía) seguramente estaría mucho mejor adaptada y, por lo tanto, jamás hubiera escrito esta novela. Así que gracias por ser los valientes salvajes que sois.

Joy Romero, Lanie Overley, Shandra von Dorp, y Mindy Laks, mis hermanas, mis amigas difuntas: me siento honrada de caminar por este mundo con todas vosotras. Y Niko, Satya, Kaelin, Ryder, Ruby, Oliver y Brytin, os quiero.

Cory, gracias por no sorprenderte de nada. Me alegra tanto haber tenido a mis hijos contigo y estoy tan agradecida por tantos años juntos.

Eliam, mi compañero de armas y escritura, gracias por tu perfecto día en Filadelfia, por todos los años de amistad que lo precedieron y por aquellos que vendrán. Eres asombroso.

Stu McKee, tú eres el mejor mejor amigo desde hace veinte años ¡Que sean veinte más!

Gracias a Alex Eagleton, Elena Eagleton, Sarah Eagleton, Dani Kraiem, Robin Eagleton, SJ, Eric Ross, Jill Bailey, Stephanie Payne, Tobias Duncan, Elisa Romero, Jessie Woodall, Amanda Jane, Amber Pinnow, Charly Mabry, Prairie Rose, Jesika Brenna, Zena Hodges, Robert Sandoval, Oliver Charity, David Adjmi, Bonnie Pipkin, Rachel Bell, Anais Rumfelt, Andrew Nowick, Sasha von Dorp (y a todo el clan von Dorp), Dora McQuaid, Angelica Robinson, Erin Eagleton, Ted Wiard, Keri, y Amy, por vuestra actitud cañera. Cada uno de vosotros ha hecho posible este libro de algún modo, ya fuese por inspiración accidental, excursiones por el campo, palabras amables, copas de vino en lo más profundo de la noche, o predicando con el ejemplo con vuestra fiera creatividad y capacidad de aguante. Soy afortunada sin medida por conoceros a cada uno de vosotros, por teneros en mi vida. Es un sistema de apoyo a lo grande, ¿no?

Gracias a mi madre por llevarme gritando, pataleando y furiosa como una hidra a esta comunidad cruda, apasionada, abierta, librepensadora, loca, desenfrenada, dotada, radical e impresionante a los catorce años. Taos, eres mi corazón, mi corazón, mis latidos. Al chef Frederick Muller del restaurante *El Meze*, gracias por permitir que usara tu nombre y tu parecido. Eres un genio. Gracias «estilo cocina» a todos en *Taos Pizza Out Back* por soportar mis gritos cuando llegó la noticia del libro, y por poneros a dar saltos conmigo.

No hubiera llegado a ningún sitio sin la Escuela de Bellas Artes en la Universidad de Vermont y sus sagrados pasillos estilo Hogwarty. Todo el mundo, desde la administración a cada uno de sus sabios y generosos profesores, me dieron un hogar y una familia de escritores de la que me siento orgullosa. Un agradecimiento especial a Sharon Darrow, que me acogió; April Lurie, que me animó a ahondar; A A. M. Jenkins, que me enseñó a identificar una mentira emocional en la página y, en consecuencia, en mi cuerpo y, en consecuencia, en mi vida; a Martine Leavitt, que me enseñó que cuando no tienes nada, no es que seas bobo, solo hay que apechugar y seguir adelante; y a Susan Fletcher, que pillaba las cosas pequeñas y que es una de las mujeres más amables que conozco.

A mi mentor extraoficial, Matt de la Pena: nunca olvidaré leer *I will save you* y pensar: yo quiero hacer ESO. Y entonces te convertiste en mi amigo, lo cual demuestra que tengo razón: la magia existe. A Laura Ruby, la mejor primera lectora: esa fue una cita afortunada y si creyera en las coincidencias… bueno, pero no. A LOS «SI» MÁGICOS: sois la nueva familia de amigos más guay que existe. Os quiero. ¡ÑAM!

Mi agradecimiento a la familia Folio, y Emily van Beek en particular. Emily, no eres solo la agente más asombrosa, sino la mejor jefa y una querida amiga. No has tenido miedo de saltar conmigo y por eso soy tuya de por vida. También tengo una enorme deuda de gratitud con Molly Haffa por su trabajo en el frente extranjero. Y gracias a todos los territorios extranjeros que han luchado por mí y han hecho que esta novela sea incluso más un sueño hecho realidad. A Elizabeth Bewley, mi fantástica editora, y a todos en HMH, gracias por arriesgaros conmigo y por ser maravillosos cada día desde entonces. Sabía, en cuanto abrí vuestra carta, que teníais que ser vosotros.

Me siento infinitamente, infinitamente agradecida a todas las personas que hayan escogido esta novela, a todas las personas que hacen importante la lectura, que tienen tiempo para explorar otros mundos y comparten ese tiempo conmigo.

Mis preciosos hijos, Lilu y Bodhi, mis razones para respirar, los amores de mi vida, gracias por vuestra paciencia, vuestro amor, vuestros abrazos y simplemente por existir. Esto es para vosotros.

Por fin (suspiro) Chris, que no es mi hermano Chris, te dije que no sabía cómo escribirte una canción, así que a cambio escribí esto. Como tú y Cormac McCarthy habéis dicho, la belleza y la muerte son una sola cosa.

Pero triunfa la belleza.

PUCK

AVALON

Libros de *fantasy* y *paranormal* para jóvenes, con los que descubrir nuevos mundos y universos.

LATIDOS

Los libros de esta colección desprenden amor y romance. Ideales para los lectores más románticos.

LILLIPUT

La colección para niños y niñas de 9 a 14 años, con historias llenas de aventuras para disfrutar de verdad de la lectura.

SERENDIPIA

Una serendipia es un hallazgo inesperado y esto es lo que son los libros de esta colección: pequeños tesoros en forma de historias contemporáneas para jóvenes.

SINGULAR

Libros *crossover* que cuentan historias que no entienden de edades y que pueden disfrutar tanto un niño como un adulto.

¿Cuál es tu colección?

Encuentra tu libro Puck en:
www.mundopuck.com

 puck_ed

mundopuck

ECOSISTEMA DIGITAL

NUESTRO PUNTO DE ENCUENTRO

www.edicionesurano.com

2 AMABOOK
Disfruta de tu rincón de lectura
y accede a todas nuestras **novedades**
en modo compra.
www.amabook.com

3 SUSCRIBOOKS
El límite lo pones tú,
lectura sin freno,
en modo suscripción.
www.suscribooks.com

DISFRUTA DE 1 MES
DE LECTURA GRATIS

1 REDES SOCIALES:
Amplio abanico
de redes para que
participes activamente.

4 QUIERO LEER
Una App que te
permitirá leer e
**interactuar con
otros lectores.**